MES FICHES POUR LE BAC

SVT

Christian Camara
Claudine Gaston

Nathan

Sommaire

Lue Relue Acquise

La Terre, la vie et l'organisation du vivant

L'origine du génotype des individus

Diversification des êtres vivants et évolution

Le temps et les roches

Les traces du passé mouvementé de la Terre

ISBN : 978-2-09-157552-0

Sommaire

Lue | Relue | Acquise

Enjeux planétaires et contemporains

Sommaire

Le corps humain et la santé

Lue Relue Acquise

Comportements, mouvement et système nerveux

Contraction musculaire et apport d'énergie

Le contrôle des flux de glucose

Comportement et stress

La conservation des génomes

1

Lue Relue Apprise

La mitose produit des clones de cellules qui conservent l'information génétique, y compris lorsque ces cellules sont affectées par des mutations.

1 Une production de clones

A La mitose, une reproduction conforme

- La mitose est une division cellulaire au cours de laquelle les chromosomes se scindent en deux **chromatides**, toutes deux formées de **molécules d'ADN identiques** qui sont ensuite **réparties équitablement entre les deux cellules filles.**
- Comme les deux molécules d'ADN d'un même chromosome produites au préalable par la **réplication** sont identiques, **les cellules filles posséderont la même information génétique, c'est-à-dire les mêmes allèles.**
- De plus, puisque la réplication de l'ADN précède la mitose, la quantité de matériel génétique est elle aussi maintenue constante, de la cellule mère aux cellules filles.

Lexique

Chromatide : partie d'un chromosome contenant une molécule d'ADN.

Réplication : synthèse de deux molécules d'ADN identiques à partir d'une molécule initiale, à laquelle elles sont identiques également.

B Des génotypes et des phénotypes identiques

- Les deux cellules filles issues d'une cellule mère sont identiques, comme le seront les générations de cellules filles suivantes. Toutes ces cellules forment un **clone**.
- Dans l'organisme, une **lignée de cellules** (groupe de cellules issues d'une cellule mère) peut former un **clone de cellules séparées** (cellules sanguines) ou **associées au sein d'un tissu.** Les cellules de la lignée **germinale**, à l'origine des cellules sexuelles, restent toujours à **l'état indépendant**, tandis que celles de la lignée somatique (toutes les autres cellules) peuvent rester indépendantes ou s'associer en tissu.
- Au sein d'un clone, les cellules possèdent le même **génotype** mais aussi le même **phénotype** si leur environnement et les constituants de leur cytoplasme sont identiques. Par exemple, les lymphocytes B sélectionnés contre un antigène donné (molécule qui déclenche une réaction immunitaire), sont tous issus de la division d'un même lymphocyte B et produisent

Lexique

Clone : ensemble de cellules génétiquement identiques.

Génotype : ensemble des allèles correspondant au(x) gène(s) d'une cellule ou d'un organisme.

Phénotype : caractère(s) d'une cellule ou d'un organisme.

le même anticorps : ils ont donc le même génotype et le même phénotype. Ainsi, il existe une **stabilité génétique à l'intérieur d'un clone**.

2 Les mutations, conservées dans les lignées cellulaires

- Une **mutation peut perturber la stabilité génétique**. Elle entraîne une variation de la séquence en nucléotides de l'ADN et donc, de l'information génétique qui se retrouvera à l'intérieur de toutes les cellules d'un clone.
- Comme les **mutations se produisent au hasard**, elles s'accumulent au cours du temps dans les lignées cellulaires. Il se forme alors des **sous-clones**, chacun de génotype et de phénotype différents.

Doc. Les lignées cellulaires

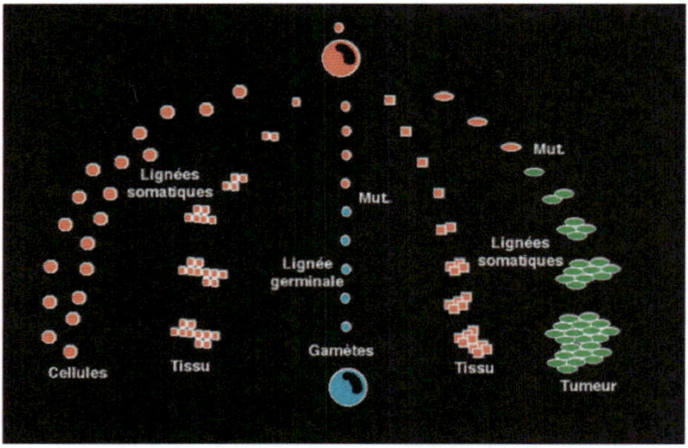

- Les **effets des mutations sont variables** : ils dépendent des nucléotides modifiés (nature et emplacement) et des acides aminés remplacés dans la protéine correspondante.
- Quand une mutation affecte une cellule, les cellules qui en sont issues porteront toutes cette mutation. Un clone de cellule mutée peut évoluer en **cellule cancéreuse** et former une **tumeur**.

Remarque

Les mutations génétiques sont aléatoires. Leur nombre augmente dans les cellules avec l'âge, ce qui explique la survenue plus fréquente de maladies telles que les cancers.

- Néanmoins, une mutation peut être transmise à la descendance seulement si elle affecte une cellule sexuelle.

Reproduction sexuée et brassage des génomes

2

Lue Relue Apprise

La reproduction sexuée crée de la diversité à travers la fécondation et la méiose qui brassent les allèles.

1 La fécondation et le brassage des génomes

- Lors de la fécondation, la **fusion de gamètes haploïdes** aboutit à la formation d'une **cellule œuf diploïde**.
- Deux **génomes** d'origine différente (paternelle et maternelle) apportant chacun un lot d'allèles différents sont réunis, ce qui forme une **combinaison particulière d'allèles**.
- Si pour un gène donné, les **deux allèles** paternel et maternel sont **identiques**, l'individu est **homozygote** pour ce gène. Dans le cas contraire, il est **hétérozygote**.

Lexique

Haploïde : cellule dans laquelle chaque type de chromosome existe en un seul exemplaire (ex. : gamète).

Diploïde : cellule dans laquelle chaque type de chromosome existe en deux exemplaires.

Génome : ensemble du matériel génétique d'un individu.

2 La méiose et le brassage des génomes

- À partir d'une cellule diploïde, la méiose permet la formation de gamètes haploïdes : ils ne contiennent qu'**un seul des deux chromosomes de chaque paire d'homologues** et donc **un seul des deux allèles de chaque gène** porté par ceux-ci.
- Lors de la séparation des chromosomes homologues à l'anaphase de la première division de méiose, **les couples d'allèles se séparent et chacun d'eux migre au hasard**, porté par son homologue, **à un pôle ou à l'autre** de la cellule.
- Soit une cellule de génotype (A//a D//d), avec deux **gènes indépendants** A et D portés par des **chromosomes différents**, présents sous deux formes alléliques A et a, D et d. Après la disjonction (séparation) des chromosomes homologues, l'allèle A peut migrer aussi bien avec l'allèle D qu'avec l'allèle d, et réciproquement.
- La ségrégation des allèles est **indépendante** : les deux cas sont **équiprobables**.

Remarque

Comme chaque division, la méiose est précédée de la réplication de l'ADN. En début de méiose, chaque chromosome comporte deux chromatides strictement identiques, et donc deux exemplaires identiques de chaque allèle.

Doc. Le brassage interchromosomique

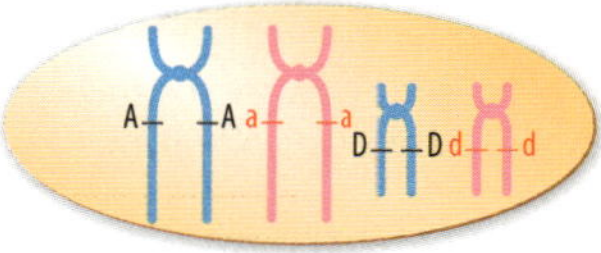

cellule à $2n = 4$, hétérozygote pour deux gènes

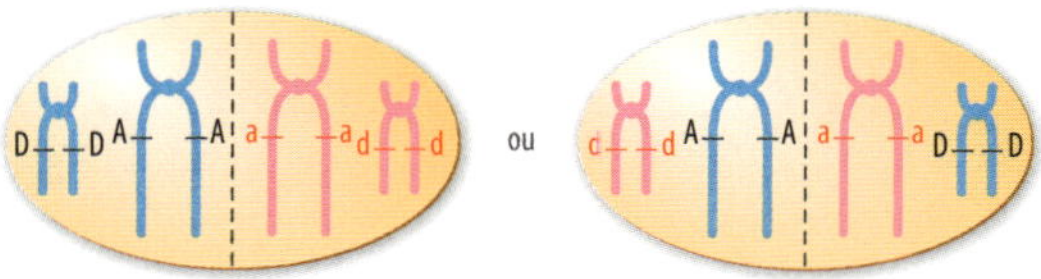

deux cas possibles de répartition des homologues
lors de leur séparation en anaphase de première division

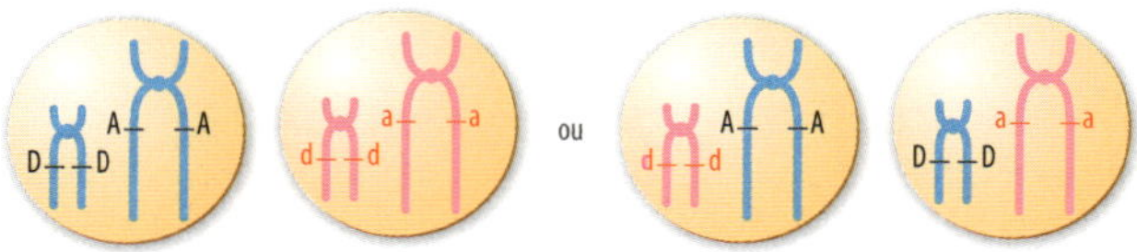

résultat de la première division dans les deux cas

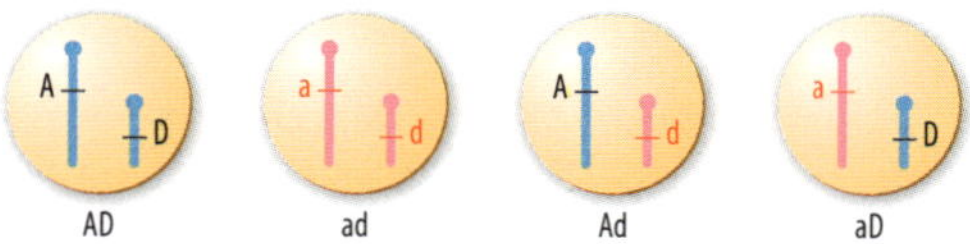

quatre types de gamètes possibles à l'issue de la deuxième division

- Dans ce cas, la méiose aboutit à **quatre types équiprobables de gamètes différents** : deux gamètes parentaux AD et ad et deux gamètes recombinés Ad et aD.
- Ce brassage de chromosomes différents ou « **brassage interchromosomique** » produit des **combinaisons d'allèles différentes** seulement pour des gènes **hétérozygotes.** Dans une cellule à l'origine des gamètes, plus le nombre de gènes à l'état hétérozygote est élevé, plus le nombre de combinaisons qu'ils peuvent former dans les gamètes le sera aussi.

Remarque

Les gamètes parentaux portent les mêmes combinaisons d'allèles que les gamètes à l'origine de la cellule initiale.
Les gamètes recombinés portent des combinaisons d'allèles différentes.

Le brassage intrachromosomique

3

Lue Relue Apprise

Lors de la méiose, les gènes liés subissent également un brassage qui amplifie le brassage interchromosomique et celui de la fécondation.

1 La formation de *crossing-over* durant la méiose

- Pendant la **prophase de première division** de méiose, **les chromosomes homologues s'apparient** et leurs chromatides s'enchevêtrent : il se forme ainsi un ou plusieurs **chiasmas**, des points de contact entre chromosomes.
- À ce niveau, des portions de chromatides peuvent s'échanger entre deux homologues : c'est le ***crossing-over***.

Remarque

Des gènes liés sont des gènes portés par le même chromosome. À l'inverse, des gènes indépendants (ou libres) sont portés par des chromosomes différents.

Doc. Deux chromosomes homologues appariés (en prophase 1 de méiose)

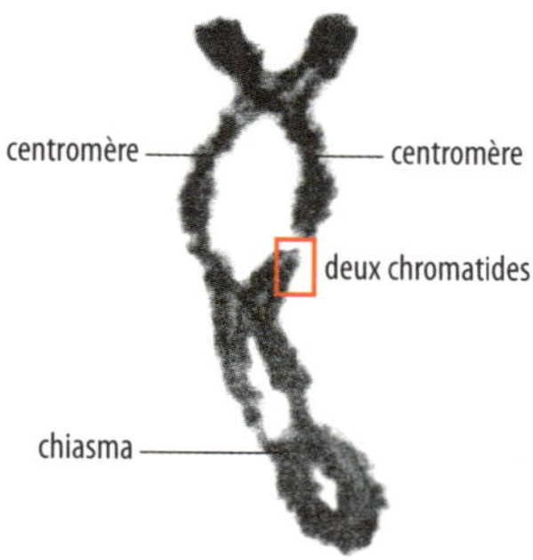

2 La formation de nouvelles combinaisons d'allèles

- Après un *crossing-over*, lorsque les chromosomes homologues se séparent à l'anaphase, ils portent **des chromatides remaniées**. Ainsi, deux gènes liés peuvent être séparés par un *crossing-over*.
- Soit une cellule hétérozygote de génotype (AB//ab) : les deux gènes A et B sont liés et présents sous deux allèles différents. Un chromosome porte les allèles A et B, l'autre chromosome homologue porte les allèles a et b aux mêmes **loci**.

Lexique

Locus (plur. *loci*) : emplacement d'un gène sur un chromosome.

Doc. Les conséquences du brassage intrachromosomique

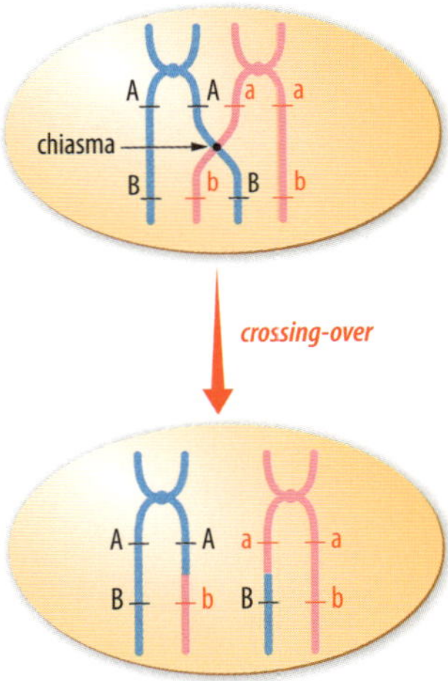

remaniement chromosomique en prophase de première division de méiose

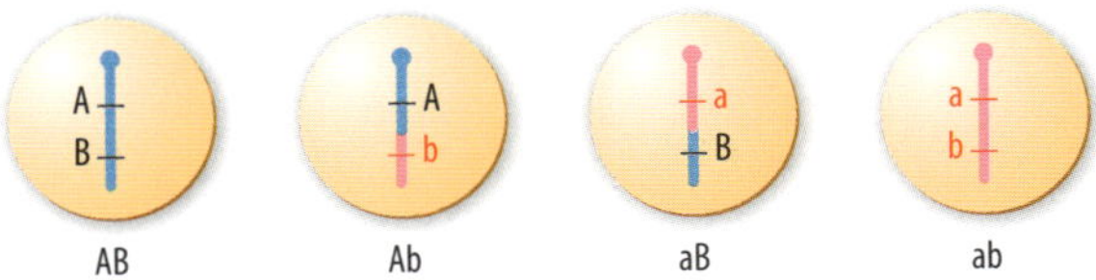

- Si un *crossing-over* a lieu entre les deux gènes A et B, à l'issue de la première division, **les deux chromatides d'un même chromosome porteront des allèles différents**. La méiose aboutit ainsi à **quatre types de gamètes différents** : deux gamètes parentaux AB et ab et deux gamètes recombinés Ab et aB.
- En remaniant les chromosomes, ce **brassage intrachromosomique** est à l'origine de **nouvelles combinaisons d'allèles**. Si le *crossing-over* concerne forcément chaque paire d'homologues, il n'affecte pas systématiquement deux gènes liés. Pour cette raison, **le nombre de gamètes recombinés est inférieur au nombre de gamètes parentaux**.

Lexique

Brassage intrachromosomique : recombinaison des allèles de gènes portés par une même paire d'homologues.

Transmission des caractères dans l'espèce humaine

4

Lue Relue Apprise

Un arbre généalogique permet de déterminer la dominance d'un allèle responsable d'un caractère, ainsi que le type de chromosome (sexuel ou non) qui le porte.

1 Les informations fournies par un arbre généalogique

- L'étude d'arbres généalogiques permet de **comprendre le mode de transmission d'une maladie génétique** au sein d'une famille.
- Dans ces arbres généalogiques, seul le phénotype des individus est représenté. Il s'agit alors de **déduire, à partir de ces phénotypes, le génotype** de chaque personne.
- Des génotypes pourront être déterminés de façon certaine, tandis que d'autres le seront avec un caractère hypothétique et donneront lieu à un raisonnement probabiliste.

2 L'étude d'arbres généalogiques

A Le cas d'un allèle muté localisé sur un autosome

- L'allèle responsable de la maladie peut être **récessif**. Dans ce cas, pour s'exprimer chez un individu, il doit être présent en double exemplaire. Un **individu malade est donc homozygote**.
- Ceci suppose que chacun de ses parents lui a fourni un allèle défectueux. Si les parents ne sont pas malades, ils possèdent une autre version non mutée du gène qui est dominante. Par conséquent, ils sont hétérozygotes.
- Les parents qui ont transmis cet allèle sans être malades sont vecteurs de la maladie.
- Deux parents hétérozygotes ont une chance sur quatre d'avoir un enfant malade. Le risque pour un couple non malade d'avoir un enfant malade est donc de formule :

Risque pour le père de porter l'allèle muté x **risque pour la mère** x ¼.

Lexique

Autosome : chromosome non sexuel (ni X, ni Y).

Vecteur : agent de transmission.

Remarque

Lorsque la maladie touche des individus des deux sexes et que des individus malades ont des parents non malades, elle dépend d'un allèle récessif porté par un autosome.

Remarque

Pour un parent sans hérédité particulière, le risque d'être hétérozygote est égal à la fréquence de l'allèle muté dans la population.

- En revanche, si l'allèle responsable est **dominant**, l'individu exprimera la maladie, qu'il soit homozygote ou hétérozygote. Tous les individus malades ont un parent malade.

B Cas d'un gène porté par un chromosome sexuel

- Le gène responsable peut être porté par un gonosome. On parle alors d'**hérédité liée au sexe**.
- Les chromosomes **X et Y ne sont pas homologues** et portent donc des gènes différents, sauf pour quelques *loci* qu'ils ont en commun.

Lexique

Gonosome : chromosome sexuel. XY chez l'homme et XX chez la femme.

Doc. Un arbre généalogique pour une maladie portée par un gonosome

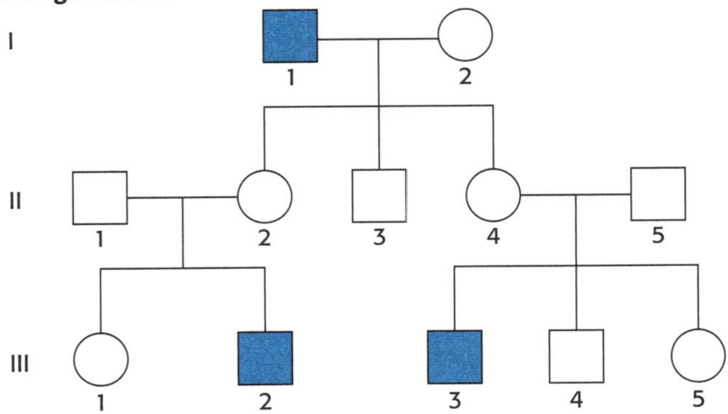

- Si le gène est porté sur la **partie spécifique de Y** (celle qui n'a pas d'équivalent sur X), la maladie n'apparaît que chez les hommes et **se transmet obligatoirement de père en fils.**
- Si le gène est porté par la **partie spécifique de X**, il en existe **deux versions chez les femmes** et **une seule version chez les hommes**. Aussi, chez l'homme, l'allèle muté s'exprimera s'il est présent. Chez les femmes, s'il est récessif, il ne s'exprime que chez les homozygotes.
- Un homme malade a reçu son chromosome X porteur de l'allèle muté de sa mère. Celle-ci possède donc cet allèle muté et est hétérozygote si elle n'est pas malade. Une femme hétérozygote a une chance sur deux de transmettre son chromosome X porteur de l'allèle muté à son enfant.

Des accidents génétiques au cours de la méiose

5

Lue Relue Apprise

Des anomalies de répartition des chromosomes au cours de la méiose peuvent être à l'origine d'innovations génétiques.

1 Des migrations anormales de chromosomes

- La **trisomie 21** est une **anomalie du caryotype** marquée par la présence de trois chromosomes 21. Elle résulte de la réunion d'un gamète normal avec un gamète anormal, produit par une anomalie de méiose.
- La migration de la paire d'homologues 21 à un même pôle lors de la première division entraîne la formation de deux gamètes anormaux : l'un sans chromosome 21 et non viable, l'autre muni de deux chromosomes 21. De même, **l'absence de séparation des chromatides** en deuxième division de méiose **conduit à la formation d'un gamète contenant deux chromosomes 21.**

Doc. **Des anomalies de méiose**

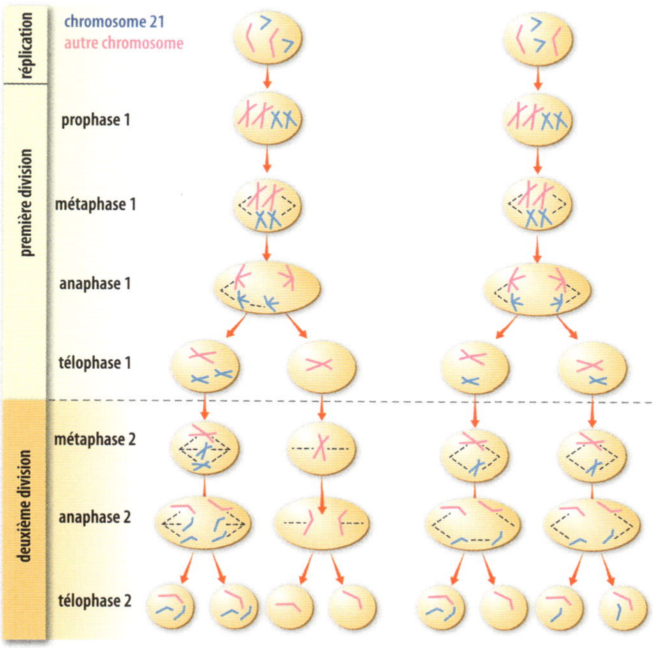

- Une anomalie de méiose peut se produire chez toutes les espèces. La modification du caryotype qui s'ensuit peut conduire à la formation d'une nouvelle espèce.

2 La formation d'une famille multigénique

- La cassure de deux homologues au cours de la prophase 1 de méiose, puis leur soudure avec un décalage, aboutissent à deux chromosomes inégaux. C'est un ***crossing-over*** inégal. À l'issue de la méiose, l'un des chromosomes perdra un ou plusieurs gènes, que gagnera son homologue. Le *crossing-over* inégal aboutit ainsi à une duplication génique pour l'un des homologues.
- Le gène surnuméraire est transposé dans un nouveau *locus* où il évolue indépendamment du gène d'origine, chacun subissant des **mutations** différentes. Ils constituent alors une **famille multigénique**.

Lexique

Famille multigénique : ensemble de gènes issus d'un gène ancestral commun.

Doc. La duplication d'un gène

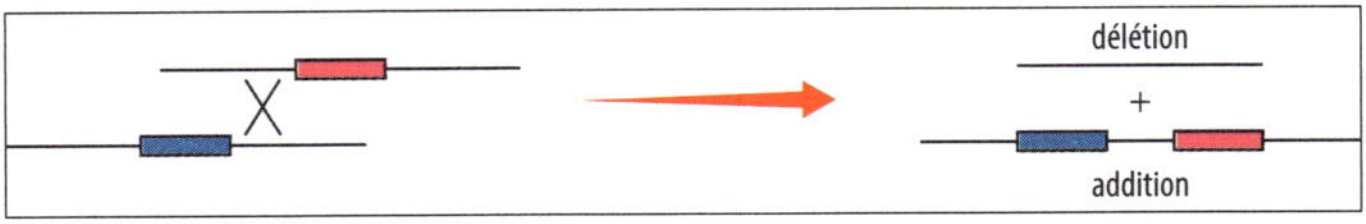

- Ce mécanisme **accroît les possibilités de diversification** car les mutations peuvent être létales et entraîner la mort de l'individu qui les porte. Or, dans le cas d'une famille multigénique, puisque le gène existe en deux exemplaires, si une mutation létale affecte un exemplaire, l'autre exemplaire continue de fonctionner correctement et permet la viabilité de l'individu.

L'origine du génotype des individus

Révision EXPRESS

Le schéma à retenir

Les brassages intra et interchromosomiques

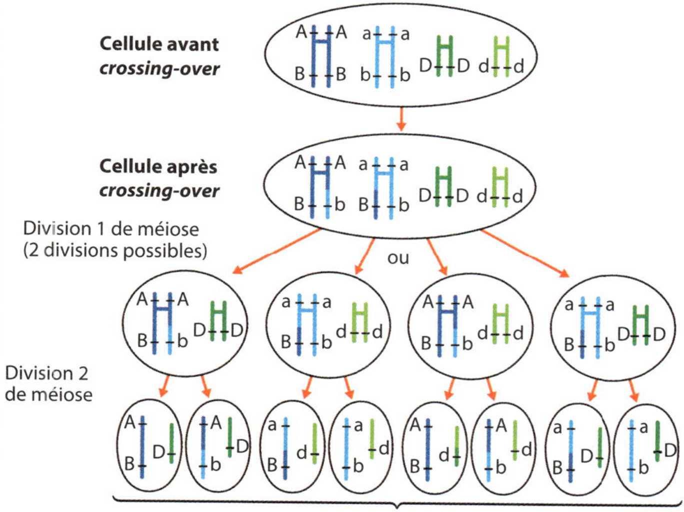

Huit sortes de gamètes équiprobables

Les points essentiels

- Une succession de mitoses produit un **clone**, c'est-à-dire un **ensemble de cellules, toutes génétiquement identiques**. Par ailleurs, la mitose assure la **conservation des mutations** dans une lignée de cellules.
- Les **gamètes** participant à la reproduction sexuée sont formés lors de la **méiose**. Cette dernière permet le brassage génétique. Le **brassage intrachromosomique** recombine, au cours de la prophase 1, les allèles de deux gènes liés. Le **brassage interchromosomique** recombine, au cours de l'anaphase 1, les allèles de deux gènes indépendants.
- Les gamètes issus de la méiose portent de **nouvelles combinaisons d'allèles.** Le nombre de combinaisons génétiques possibles dans les gamètes est d'autant plus élevé que le nombre de gènes à l'état **hétérozygote** est plus grand chez les parents.

- La **fécondation** associe **au hasard** deux gamètes et **amplifie le brassage génétique**. Celui-ci enrichit la diversité génétique de l'espèce.
- Un **arbre généalogique** permet de mettre en évidence la dominance ou la récessivité d'un allèle et le type de chromosome (autosome ou gonosome) qui le porte.
- Des **anomalies de méiose**, comme la non disjonction des chromosomes homologues en première division de méiose ou l'absence de séparation des chromatides en deuxième division, **modifient le caryotype**.
- Un ***crossing-over*** inégal aboutit parfois à une duplication de gènes et à la création d'une famille multigénique, c'est-à-dire un ensemble de gènes issus d'un gène ancestral commun.
- Les anomalies de méiose sont une source d'innovations génétiques et de diversification du vivant.

Quiz

1. Le brassage interchromosomique remanie les chromatides.

❑ Vrai ❑ Faux

2. Des gènes liés sont situés sur un même chromosome.

❑ Vrai ❑ Faux

3. Le brassage interchromosomique n'a pas de conséquences chez un homozygote.

❑ Vrai ❑ Faux

4. La duplication d'un gène peut résulter d'une anomalie de méiose.

❑ Vrai ❑ Faux

5. En fin de méiose, chaque cellule reçoit deux allèles d'un même gène.

❑ Vrai ❑ Faux

Réponses : 1. Faux. **2.** Vrai. **3.** Vrai. **4.** Vrai. **5.** Faux.

Des transferts horizontaux de gènes

6

Lue Relue Apprise

En dehors de la reproduction sexuée, des échanges de gènes peuvent avoir lieu entre espèces différentes, soit directement chez les bactéries, soit indirectement par l'intermédiaire d'un virus.

1 Des échanges de gènes chez les bactéries

- Lors de la **conjugaison**, deux bactéries s'associent via un pont de cytoplasme par l'intermédiaire duquel **elles s'échangent des gènes**, en particulier ceux portés par le **plasmide**, un fragment d'ADN circulaire. Ces échanges se produisent entre bactéries d'espèces différentes ou non. On parle alors de « **transfert horizontal de gènes** » indépendant de la reproduction sexuée.
- Le matériel génétique n'est pas forcément conservé par le receveur, sauf s'il lui procure un **avantage sélectif**.

Lexique

Conjugaison : mécanisme d'échange génétique entre bactéries.

Avantage sélectif : caractère qui permet de voir la fréquence de l'allèle responsable augmenter de génération en génération.

- Le gène ainsi transféré peut être à l'origine d'une nouvelle fonction (comme la résistance aux antibiotiques) et se répand peu à peu dans la population.

Doc. **La conjugaison bactérienne**

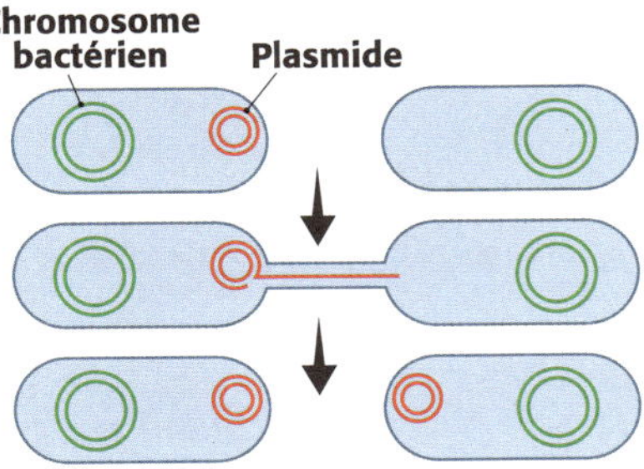

- Ainsi, le transfert horizontal de gènes participe à **l'évolution** des espèces.

2 Des transferts à partir des virus

- Au cours de l'évolution, de nouvelles espèces apparaissent à partir d'espèces préexistantes dont elles héritent certains gènes : c'est un **transfert vertical** de gènes.

Des transferts horizontaux de gènes

- À partir des comparaisons de séquences d'une même molécule chez différentes espèces, on peut établir un **arbre de parenté** (plus les ressemblances sont fortes, plus la parenté est étroite).
- Lorsque pour une molécule donnée, l'arbre de parenté est différent, sa transmission s'est effectuée par un autre mécanisme : un **transfert horizontal de gènes.**
- Les **virus** jouent le rôle de **vecteurs** capables de transférer du matériel génétique. Ce sont des **parasites intracellulaires qui injectent leur matériel génétique** dans une cellule, laquelle produit alors des constituants viraux.

Remarque

Une homologie de séquence est une similarité de séquence indiquant une relation de parenté. Elle peut concerner l'ADN, l'ARN ou les protéines.

- Quand les nouveaux virus s'échappent de la cellule et recommencent un nouveau cycle, ils peuvent **emporter par erreur une partie du matériel génétique** de la cellule infectée ou encore lui **laisser des fragments d'ADN viral**.
- Ainsi, lorsqu'un virus infecte différentes espèces, il peut **transférer des gènes d'une espèce à une autre**.

Doc. **Le cycle viral**

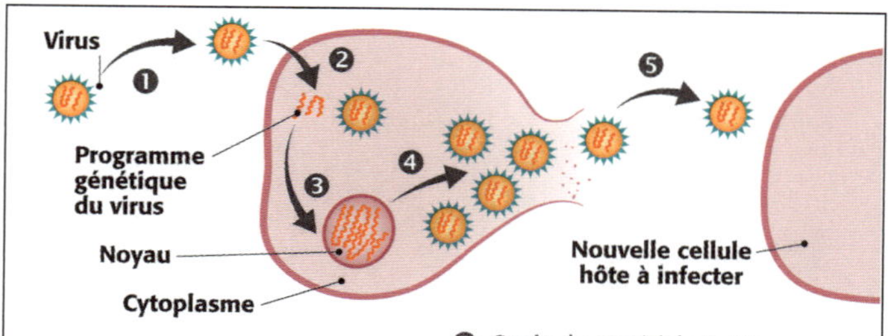

1 Fixation sur la cellule cible
2 Entrée du virus
3 Copie du matériel génétique
4 Production de nouveaux virus
5 Éclatement de la cellule et sortie

- D'après les homologies de séquence, **8 à 10 % du génome humain serait d'origine virale**. Ces fragments d'ADN viraux sont parfois intégrés dans le fonctionnement cellulaire. La **syncytine** par exemple, une molécule d'origine virale, participe chez les mammifères à la formation du **placenta**.

Les endosymbioses

7

Lue Relue Apprise

Des symbioses entre cellules procaryotes, indépendamment de la reproduction sexuée, ont permis la formation des cellules eucaryotes.

1 Des similarités entre procaryotes et organites des eucaryotes

● La cellule **eucaryote** se caractérise par la **présence d'organites**. Ce sont des compartiments cellulaires délimités par une membrane et spécialisés dans une fonction. Parmi ceux-ci, on peut citer le **noyau**, les **mitochondries** ou les **chloroplastes**.

● Les cellules **procaryotes** sont limitées par une membrane plasmique comme les cellules eucaryotes mais à la différence de celles-ci, elles ne présentent pas de compartiments membranaires : elles sont **dépourvues de noyau et d'organites**. Le matériel génétique est libre dans le cytoplasme, sous forme d'un chromosome.

Doc. Les cellules eucaryotes et procaryotes

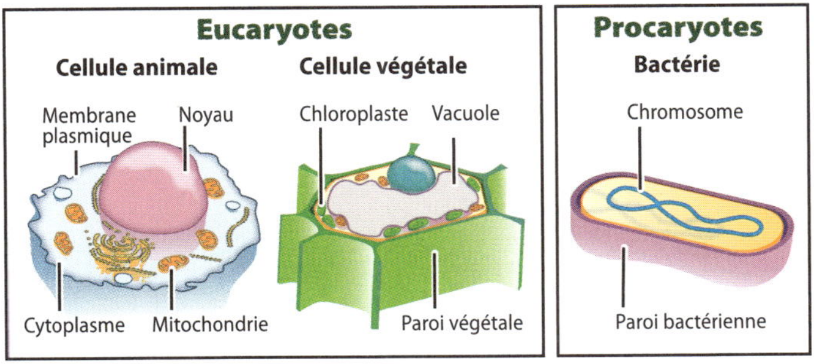

● Toutefois, les chloroplastes et les mitochondries des cellules eucaryotes montrent des **ressemblances avec les procaryotes**. Ces organites :

- sont de taille semblable à celle des bactéries (1 à quelques µm) ;
- possèdent un ADN circulaire et dépourvu d'**histones**, comme celui des bactéries ;
- contiennent des **ribosomes**, semblables à ceux des bactéries ;
- se divisent par étranglement médian, comme les bactéries, et à un rythme indépendant de la cellule qui les contient.

Lexique

Histone : protéine qui compacte l'ADN.

Ribosome : assemblage moléculaire intervenant dans la synthèse protéique.

● Ainsi, **la cellule eucaryote peut être considérée comme une chimère** comportant des constituants caractéristiques de la cellule eucaryote (noyau) et des constituants aux propriétés de procaryotes (chloroplastes, mitochondries).

2 La théorie endosymbiotique

● Ces ressemblances entre organites et procaryotes sont trop nombreuses pour être dues au hasard. On les interprète comme résultant d'une **étape de l'évolution** au cours de laquelle les organites se seraient installés dans les cellules à partir de bactéries. En effet, ceux-ci possèdent une double membrane, dont une membrane externe proche de la membrane cellulaire, ce qui semble indiquer qu'ils ont été **englobés par une cellule initiale**.

Doc. L'établissement de l'endosymbiose cellulaire

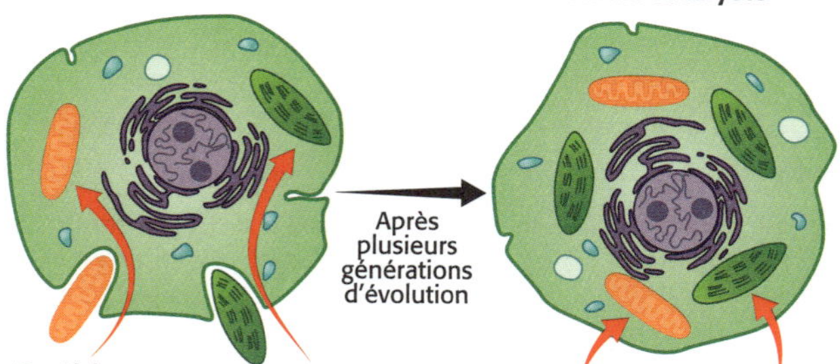

● La **mitochondrie** dériverait d'une **bactérie aérobie** et le **chloroplaste** proviendrait d'une **cyanobactérie**, bactérie autotrophe capable de réaliser la photosynthèse.

● Selon cette **théorie endosymbiotique**, des procaryotes auraient d'abord colonisé d'autres procaryotes, soit en établissant une **symbiose**, soit en les parasitant.

Lexique

Aérobie : qui ne vit qu'en présence de dioxygène.

Endosymbiose : symbiose établie à l'intérieur d'une cellule.

● Des **échanges définitifs de gènes** ont eu lieu entre les deux cellules, des constituants de l'une étant synthétisés par l'autre. L'association étant devenue **obligatoire**, il s'est établi une **endosymbiose**.

Évolution des génomes au sein des populations

8

Lue Relue Apprise

Le modèle théorique de Hardy-Weinberg prévoit la stabilité des fréquences alléliques dans une population. Toutefois, les conditions de cet équilibre sont rarement réunies dans les populations réelles.

1 Le modèle de Hardy-Weinberg

- En 1908, Godfrey Harold Hardy et Wilhelm Weinberg établissent un modèle théorique permettant de prévoir l'évolution génétique d'une population. En effet, chaque population se caractérise par sa **diversité génétique**, elle-même conditionnée par les **fréquences des différents allèles** de chaque gène.
- Selon le modèle de Hardy-Weinberg, sous certaines conditions, **la fréquence des allèles d'un gène reste constante au cours des générations.**

Remarque

De nombreuses situations d'évolution biologique sont à l'origine d'écarts par rapport à la stabilité théorique de la fréquence des allèles décrite par le modèle de Hardy-Weinberg.

- Ce modèle permet **de calculer des fréquences de génotypes à partir des fréquences des allèles.** Les fréquences de ces génotypes restent également constantes.
- Soit deux allèles A1 et A2 d'un même gène, avec p (compris entre 0 et 1) fréquence de l'allèle A1, et q (compris entre 0 et 1) fréquence de l'allèle A2 et $p + q = 1$; on peut calculer la fréquence des génotypes possibles à l'aide d'un **échiquier de croisement.**

Doc. Les génotypes possibles et leurs fréquences respectives suite au croisement de deux hétérozygotes

Gamètes mâles / Gamètes femelles	**A1(p)**	**A2(q)**
A1(p)	A1A1(p^2)	A1A2(pq)
A2(q)	A1A2(pq)	A2A2(q^2)

- Les fréquences des génotypes issus des différents croisements sont indiquées ci-après.

p^2 → fréquence d'un génotype homozygote A1//A1

q^2 → fréquence d'un génotype homozygote A2//A2

2pq → fréquence d'un génotype hétérozygote A1//A2

Puisqu'il existe trois génotypes possibles, on en déduit que $\mathbf{p^2 + q^2 + 2pq = 1}$.

● On peut alors en déduire la fréquence de chaque allèle à la génération suivante. $f(A_1) = p^2 + pq = p(p + q) = p$

$f(A_2) = q^2 + pq = q(p + q) = q$

● Dans cette nouvelle génération, la fréquence de A_1 est toujours p et celle de A_2 est toujours q. **Les fréquences des allèles sont inchangées.**

● On peut également montrer que **la fréquence des génotypes reste stable** de génération en génération. Ainsi, on peut établir les relations entre les probabilités des génotypes d'une génération et celles de la génération précédente.

2 Les conditions d'application du modèle de Hardy-Weinberg

● Ce modèle n'est vérifié que pour les conditions suivantes :
- une **population de grande taille** ;
- des espèces **diploïdes** avec **reproduction sexuée** ;
- des **croisements aléatoires** entre individus pour lesquels les gamètes sont produits en proportion égale et se rencontrent au hasard.

● De plus, l'allèle étudié n'a **pas subi de mutation** et les individus n'ont pas subi de **migration**, de sélection naturelle ou de dérive génétique.

> **Lexique**
>
> **Sélection naturelle** : modification de la fréquence d'allèles sous la pression de l'environnement.
>
> **Dérive génétique** : variation de la fréquence d'allèles du fait du hasard, dans une population de faible effectif.

● Dans de nombreux cas, on constate que la transmission des allèles ne respecte pas le modèle de Hardy-Weinberg.

● En effet, les allèles mutent, les individus sont sélectionnés ou subissent la dérive génétique et, par conséquent, la fréquence des allèles est modifiée au cours des générations. Les populations se différencient génétiquement les unes des autres. Les échanges de gènes entre populations se raréfient et **les espèces apparaissent comme des ensembles hétérogènes de populations, en évolution permanente.**

L'évolution au sein des populations : la spéciation 9

Lue Relue Apprise

Par le biais de la sélection naturelle ou de la dérive génétique, les populations sont soumises à des variations génétiques qui favorisent la formation de nouvelles espèces.

1 Des changements génétiques au sein des populations

- Dans une population, les chances de survie sont inégales selon les caractères portés par les individus. **La sélection naturelle favorise les phénotypes avantageux** et diminue la proportion des autres. Elle agit ainsi en **augmentant la fréquence des allèles avantageux** et en diminuant celle des autres.

Lexique

Population : un ensemble d'individus appartenant à la même espèce et vivant en même temps dans un même endroit.

- Des **différences génétiques** s'accumulent au cours du temps chez des populations vivant séparément.
- Dans des milieux aux caractéristiques identiques, on observe également des divergences génétiques entre populations. Pourtant, elles ne peuvent pas, dans ce cas, être attribuées à la sélection naturelle.

Doc. Modélisation de l'évolution de la fréquence d'un allèle au cours du temps pour trois effectifs de populations

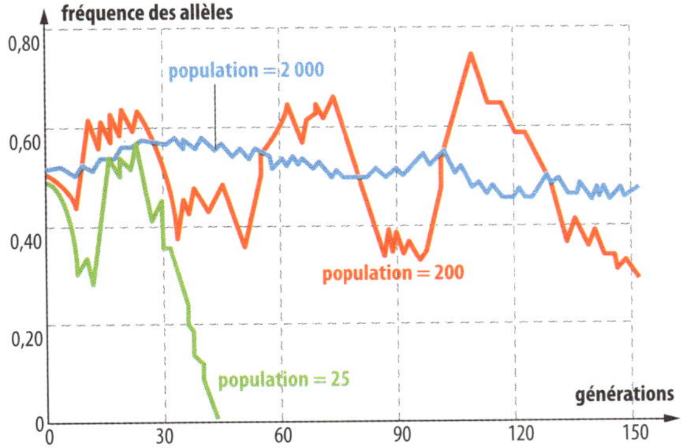

- En effet, chez les **populations à petits effectifs**, la divergence génétique par rapport à la population de départ est plus importante. Tous les individus ne se reproduisent pas et les gamètes formés par la méiose ne participent pas tous à la fécondation. Aussi, tous les allèles présents chez une génération ne sont pas forcément transmis à la suivante. **La fréquence des allèles varie au hasard.** C'est la **dérive génétique**.

2 Une conséquence : la spéciation

- Des **changements géographiques** (relief, bras de mer...) peuvent **scinder en deux une population.** Soumises à la sélection naturelle ou à la dérive génétique, les deux sous-populations **s'éloignent génétiquement et perdent leur interfécondabilité.** Il se forme alors une nouvelle espèce : c'est la **spéciation géographique.**

Doc. La spéciation par isolement géographique (a) ou non (b)

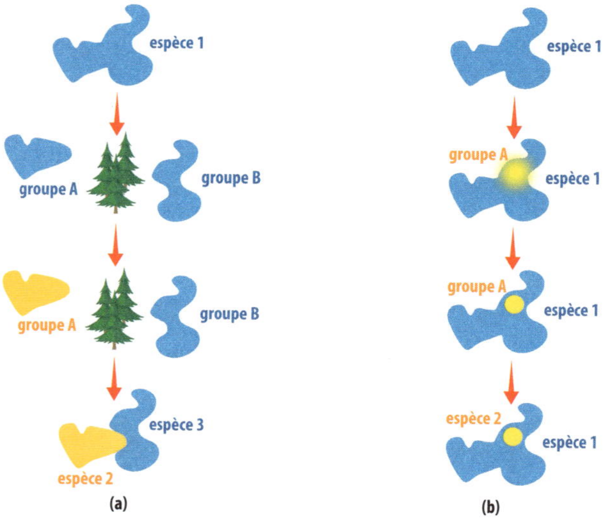

- D'autres mécanismes peuvent être responsables d'une spéciation. Ainsi, chez les oiseaux, la mutation d'un gène contrôlant la nature du chant ou la coloration du plumage peut empêcher la reconnaissance des partenaires. Une **modification de l'habitat ou du mode de vie** (nocturne, diurne), ou encore des **modifications anatomiques** rendant l'accouplement impossible **aboutissent aussi à la spéciation.**
- Une espèce peut disparaître lors de la disparition de son milieu de vie ou lorsque les individus qui la composent ne sont plus isolés mais réalisent avec d'autres des échanges génétiques auparavant impossibles.

Diversification sans modification du génome

10

Lue Relue Apprise

L'établissement de relations entre espèces différentes ou encore l'acquisition de comportements font apparaître de nouveaux phénotypes sans modification du génome.

1 Les symbioses, des associations entre êtres vivants

- Des espèces établissent des **symbioses** : des relations **durables et obligatoires à bénéfices réciproques**. Par exemple, certains cnidaires qui s'entourent d'un squelette calcaire et forment les coraux hébergent dans leurs cellules des algues microscopiques. Celles-ci fournissent des glucides aux cnidaires et profitent de leurs déchets azotés ainsi que d'un milieu de vie stable.
- De nombreux exemples de symbioses existent aussi chez les plantes. Des **bactéries qui fixent l'azote de l'air** s'établissent dans les racines des plantes de la famille des légumineuses. En favorisant la synthèse des protéines, elles permettent un meilleur développement de la plante, laquelle fournit des glucides aux bactéries.

Lexique

Cnidaire : groupe d'animaux auquel appartiennent les coraux, les méduses et les anémones de mer.

Légumineuse : famille de plantes herbacées comprenant, entre autres, les pois et les lentilles.

Doc. Des racines de plants de soja cultivés en champ normal (a) ou stérile (b)

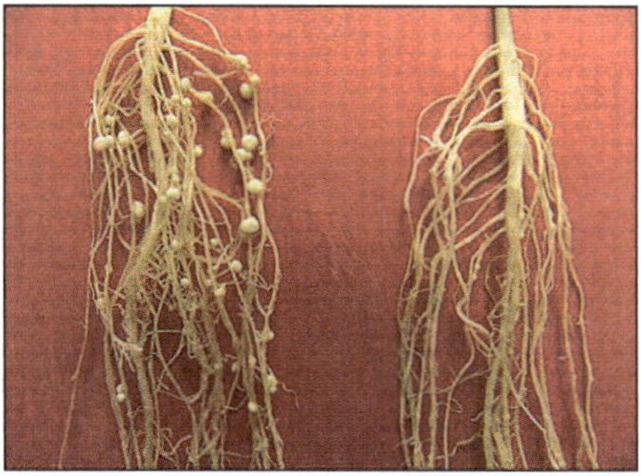

© Pr. Hongyan Zhu

a. b.

- Les racines de soja possèdent, en milieu naturel (a), des **nodosités** : petites masses contenant des bactéries du genre Rhizobium. Une culture expérimentale en milieu stérile (b) empêche le développement des nodosités. Les racines sont alors moins développées, ce qui montre le bénéfice de cette association pour la plante.

- En effet, si l'on fournit du carbone radioactif (CO_2 radioactif) à une plante dont les racines sont pourvues de nodosités, on peut alors suivre par autoradiographie le devenir de la matière organique produite (glucides). Celle-ci se retrouve d'abord dans la plante, y compris dans les cellules racinaires. Puis leur quantité augmente dans la bactérie alors que celle-ci est incapable d'en fabriquer à partir du CO_2. Cela montre qu'il y a eu un **transfert de la matière organique fabriquée par la plante vers la bactérie**.
- Une expérience similaire dans laquelle on fournit de l'azote radioactif aux bactéries montre que de la matière radioactive ajoutée après avoir été transformée par la bactérie est passée à l'intérieur de la plante.
- Chez de nombreux arbres, **l'absorption d'eau et d'ions du sol** est facilitée le plus souvent par des symbioses avec des champignons, les mycorhizes. En échange, le champignon **reçoit la matière organique** produite par le végétal.
- Chaque espèce conserve généralement son génome mais l'association confère à chacune des espèces des **propriétés nouvelles**. Grâce à ces symbioses, les **espèces évoluent à génome constant.**

> **Lexique**
> Mycorhize : association symbiotique entre les racines d'une plante et un champignon.

2 L'acquisition de nouveaux comportements

- Chez des oiseaux, la rencontre des partenaires nécessite la reconnaissance du chant du mâle par la femelle. L'apprentissage du chant se fait durant la première période de la vie, par le jeune oisillon encore au nid.
- Or, un oisillon élevé en entendant le chant d'une autre espèce n'est plus capable de reconnaître celui de son espèce. Il existe donc une **transmission du comportement des parents aux jeunes.**
- Cette transmission du chant diffère aussi selon le lieu. Ainsi, d'une région à l'autre, le comportement transmis varie, ce qui participe à l'évolution.
- D'autres comportements dans les populations animales, comme l'utilisation des outils, peuvent être transmis de génération en génération. On connaît ainsi des populations de chimpanzés qui, pour se nourrir, utilisent des méthodes différentes d'une population à l'autre. Elles sont acquises par les jeunes qui, à leur tour, les transmettront à la génération suivante.

> **Remarque**
> Qu'il s'agisse de l'apprentissage d'un comportement chez les mammifères ou de celui du chant chez des oiseaux, il est plus facilement transmissible chez les jeunes que chez les adultes.

Diversification des êtres vivants et évolution

Révision EXPRESS

Le schéma à retenir

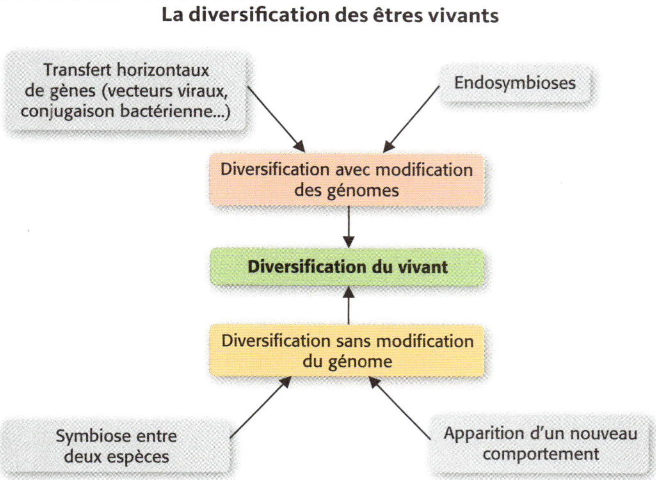

Les points essentiels

- Des **échanges** de gènes entre bactéries modifient leur génome. Les virus peuvent modifier le génome de cellules eucaryotes en y intégrant leur ADN ou celui provenant d'autres cellules hôtes. Ces **transferts horizontaux de gènes**, hors de la reproduction sexuée, participent ainsi à l'évolution des espèces.
- Selon la **théorie endosymbiotique**, les organites des cellules eucaryotes se sont formés à la suite de **symbioses** établies entre **procaryotes**.
- Dans une population, le **modèle théorique de Hardy-Weinberg** prévoit la stabilité des fréquences relatives des allèles dans certaines conditions (absence de mutations, croisements au hasard dans des populations de grand effectif...).
- Néanmoins, la **sélection naturelle** et la **dérive génétique** modifient génétiquement les populations. De **nouvelles espèces** peuvent alors se former.

- La **diversification** phénotypique des êtres vivants peut aussi se faire sans modification du génome. Ainsi, dans le cas de **symbioses**, deux organismes établissent une **relation durable** qui modifie le phénotype de chacun.
- L'acquisition de **nouveaux comportements**, comme une modification du chant des oiseaux ou l'utilisation d'outils chez les chimpanzés, modifie le phénotype des populations et contribue à leur évolution.

Quiz

1. Les symbioses sont sources de diversité.

❑ Vrai ❑ Faux

2. Lors de la reproduction sexuée, un transfert vertical de gènes s'effectue.

❑ Vrai ❑ Faux

3. Selon le modèle de Hardy-Weinberg, la fréquence d'un allèle diminue au cours du temps.

❑ Vrai ❑ Faux

4. Les comportements sont transmis génétiquement chez les vertébrés.

❑ Vrai ❑ Faux

5. Le chant des oiseaux est uniquement d'origine génétique.

❑ Vrai ❑ Faux

Réponses : 1. Vrai. **2.** Vrai. **3.** Faux. **4.** Faux. **5.** Faux.

La chronologie relative

11

Lue Relue Apprise

Des relations géométriques permettent de reconstituer la chronologie relative de structures ou d'événements géologiques.

1 Des principes géométriques

- La chronologie relative consiste à **dater des roches ou des événements géologiques les uns par rapport aux autres**. Elle se fonde sur des principes géométriques.
- Les roches sédimentaires se forment par dépôts successifs de couches. Ainsi, selon le **principe de superposition**, une couche de roche sédimentaire (ou une coulée de lave) est plus récente que celle qu'elle recouvre.

Lexique

Déformation (de la roche) : pli ou faille.

Pluton de granite : massif de granite qui se forme en profondeur à la suite d'une remontée de magma.

- Selon le **principe de recoupement**, toute structure qui en recoupe une autre (ou toute **déformation** qui l'affecte) lui est postérieure. Par exemple, un **pluton** de granite qui traverse un ensemble de couches sédimentaires est postérieur à la plus récente des strates qu'il recoupe. Les roches qui sont **métamorphisées** au contact du granite lui sont antérieures.

Doc. **Une coupe géologique**

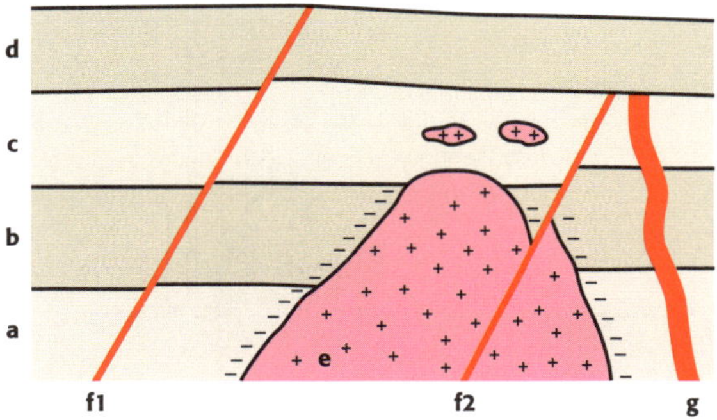

- Ainsi, d'après cette coupe, selon le principe de superposition, l'ordre de dépôt est : **a**, **b**, **c** et **d**. Un pluton granitique traverse les couches **a** et **b**. Selon le principe de recoupement, le granite est donc postérieur à ces deux couches. La faille f1 qui affecte la couche **d** est postérieure à celle-ci. La coulée **g**, recouverte par la couche **d**, lui est antérieure.

- Une couche horizontale peut en recouvrir une autre qui a été plissée. Dans ce cas, les deux couches ont une **orientation différente**. La couche supérieure est dite « **discordante** ». Cette anomalie géométrique s'explique par une **interruption de la sédimentation**. Le pli affectant la couche inférieure a généré un **relief qui a été soumis à l'érosion**. Le pli est ainsi postérieur à la couche inférieure affectée et antérieur à la couche supérieure non plissée. Par conséquent, la discordance permet de **dater une phase tectonique de façon relative**.
- Enfin, si un fragment A est inclus dans B, alors A était initialement présent avant d'être englobé par B : il est donc antérieur à ce dernier. Ce **principe d'inclusion** s'applique aux roches et aux minéraux.

2 Des corrélations à distance

- Les principes géométriques ne s'appliquent que lorsque les roches sont en **contact**. Dans le cas contraire, on utilise le **principe de continuité** : une couche donnée a le même âge sur toute son étendue. Ainsi, si elle a pu être datée en un endroit, on connaîtra son âge sur toute sa longueur.

Doc. **Les principes de datation relative**

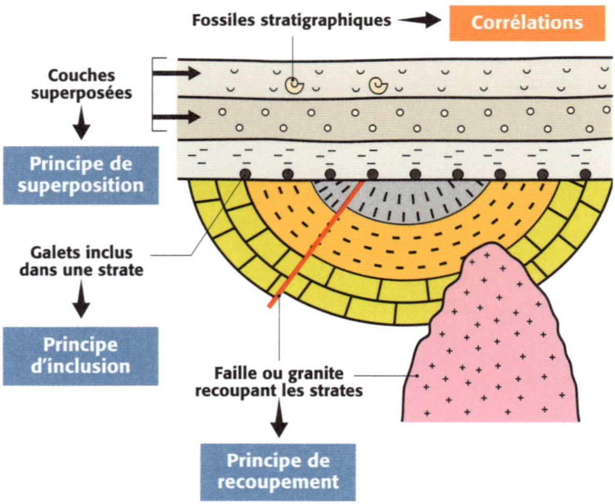

- Les corrélations établies entre couches éloignées reposent le plus souvent sur leur contenu en fossiles (voir la fiche 12). C'est le **principe d'identité paléontologique**.

Les fossiles stratigraphiques et l'échelle des temps

12

Lue Relue Apprise

Les fossiles sont des marqueurs du temps utilisés pour construire un calendrier géologique : l'échelle stratigraphique.

1 Des fossiles marqueurs du temps

- Les fossiles sont des **traces** ou des **restes d'êtres vivants** partiellement conservés dans les roches. **Ils ont donc l'âge de la roche qui les contient.**
- Les espèces se sont succédées au cours du temps. Une fois l'âge d'un fossile connu, il permet de dater les roches qui le contiennent. Les fossiles permettent ainsi d'établir une chronologie relative.

Lexique

Échelle stratigraphique : échelle des temps géologiques.

Fossile stratigraphique : fossile utilisé pour la datation d'une roche.

- Un fossile a un intérêt dans la datation si son espèce avait eu un **vaste domaine de répartition**, une **durée d'existence brève** et une **abondance suffisante**. Il constitue alors un fossile stratigraphique.

Doc. **Les foraminifères, des fossiles stratigraphiques**

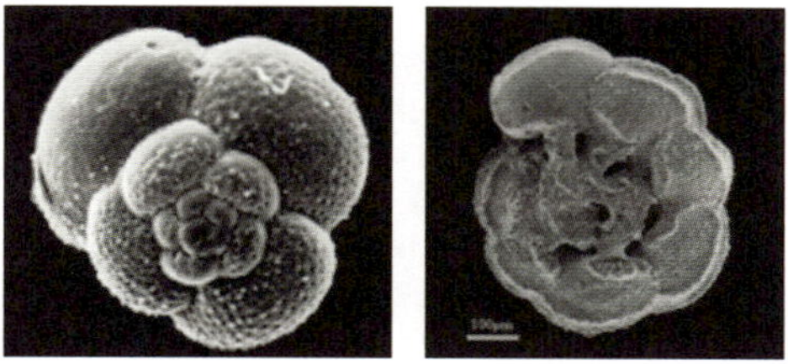

Globigérine Globotruncana

- Les foraminifères sont des organismes unicellulaires munis d'une coquille calcaire. Apparus au Cambrien (ère primaire), ils sont très diversifiés et largement répandus, ce qui en fait de bons fossiles stratigraphiques.
- Pour dater plus précisément les roches à partir des fossiles, on y recherche la **présence simultanée de plusieurs espèces** dont les durées d'existence se chevauchent. On peut alors établir une **biozone**, c'est-à-dire une **unité stratigraphique** (un intervalle de temps) définie par son contenu biologique.

2 L'établissement d'une échelle stratigraphique

A Des divisions dans les temps géologiques

- Le renouvellement des espèces et des groupes de plus grande taille permet de créer des divisions et sous-divisions stratigraphiques.
- L'étage, d'une durée de 5 à 6 Ma en moyenne, est la **division de base** de la stratigraphie. C'est une **formation** (un ensemble de couches) caractérisée par la roche et surtout les fossiles qu'elle contient. Plusieurs étages sont regroupés en **systèmes** (ex. : le Crétacé), eux-mêmes regroupés en **ères** (Précambrien, Primaire, Secondaire, Tertiaire).

Lexique

Étage : division de base de la stratigraphie.

Stratigraphie : science qui étudie la succession des différentes couches géologiques dans le temps.

- On a ainsi progressivement construit une **échelle des temps géologiques** (voir rabat). Les grandes divisions, notamment les limites des ères géologiques, ont été établies à partir des crises biologiques.
- Les **crises biologiques** sont des **modifications brutales** (à l'échelle des temps géologiques) **de toute la biosphère**. Elles sont liées à des événements planétaires (météorites...) qui provoquent des **extinctions de masse** et la disparition de grands groupes, comme celui des dinosaures à la fin de l'ère secondaire.

B La limite Crétacé-Tertiaire, marquée par une crise

- L'étude des fossiles indique qu'il y a 65 millions d'années, des **extinctions massives** se sont produites, marquant la coupure entre le Crétacé (ère secondaire) et le Paléocène (ère tertiaire). Ainsi, on constate la **disparition définitive** de différents groupes comme les **dinosaures** et d'autres grands reptiles, des **ammonites** (mollusques) et de 90 % des genres de protozoaires, des organismes unicellulaires. On estime que 60 à 75 % des espèces vivantes s'éteignirent à la limite Crétacé-Tertiaire.
- Ces disparitions ont un caractère **massif et soudain** et concernent des **formes multiples** dans des **milieux de vie variés** : des organismes microscopiques comme géants, des invertébrés comme des vertébrés, des animaux comme des végétaux.
- Ce phénomène s'est produit **en tout point du globe** et sur **une courte durée** à l'échelle des temps géologiques (quelques centaines de milliers d'années).
- Il a par ailleurs permis le **développement de grands groupes** comme ceux des mammifères, des oiseaux, des insectes et des plantes à fleurs qui occupent les niches écologiques laissées vacantes.

Les principes de la chronologie absolue

13

Lue Relue Apprise

La désintégration des isotopes radioactifs est utilisée comme chronomètre pour dater les roches.

1 La désintégration des éléments radioactifs

- Les méthodes de **datation absolue** ou radiochronologie permettent de connaître l'âge des roches en s'appuyant sur la **décroissance radioactive**.
- Les roches renferment des **isotopes radioactifs** instables (« éléments pères ») qui se désintègrent au cours du temps en émettant une particule, comme un électron ou un neutron. Cela aboutit alors à la formation d'un **élément radiogénique stable** (« élément fils »).

Lexique

Radiochronologie : méthode de datation fondée sur la décroissance des éléments radioactifs.

Isotope radioactif : élément instable qui se désintègre au cours du temps pour devenir un élément stable.

Doc. La décroissance des éléments radioactifs

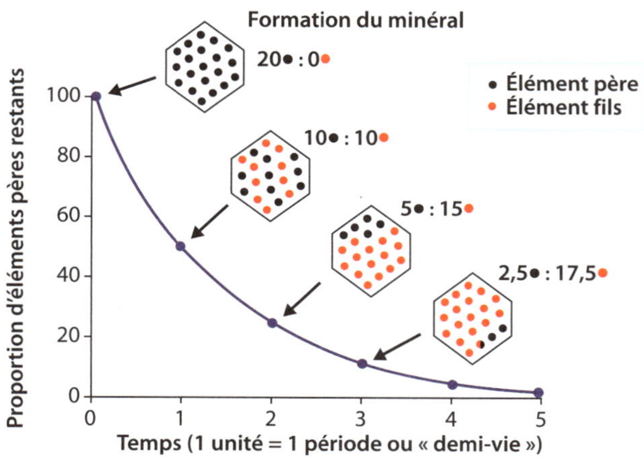

- La désintégration se fait à vitesse constante et au fur et à mesure que les éléments pères disparaissent, des éléments fils apparaissent selon une loi de décroissance exponentielle en fonction du temps.
- Ainsi, le nombre d'éléments dP disparaissant en un intervalle de temps dt est : $dP/dt = -\lambda P$.

- **λ est une constante de désintégration** propre à chaque élément. Elle représente la probabilité de désintégration, par unité de temps, d'un noyau radioactif et témoigne de la vitesse de désintégration de l'élément.
- On appelle « période » (ou « **demi-vie** ») la durée pendant laquelle une masse initiale d'éléments pères **se transforme de moitié en éléments fils**. La période est caractéristique de l'élément et ne dépend pas de la quantité présente.

2 Déterminer l'âge d'une roche

A La méthode

- La désintégration se fait, pour un isotope donné, **à la même vitesse quelles que soient les conditions du milieu** (pression, température...).
- Ainsi, à partir du moment où une roche intègre un élément radioactif, il commence à se désintégrer de la même façon, qu'il soit présent dans la croûte, le manteau ou le noyau.
- Pour connaître l'âge d'une roche, le principe est simple : il faut **mesurer le rapport entre la masse de l'élément père au départ et la masse actuelle de l'élément fils.** Comme on connaît les constantes de désintégration (et les valeurs des périodes) pour un grand nombre d'isotopes, on peut alors évaluer, plus ou moins directement, l'âge de la roche.

Lexique

Période : temps nécessaire pour qu'une masse d'éléments radioactifs se désintègre de moitié.

Système clos : système qui ne réalise aucun échange avec son environnement.

B Les conditions d'utilisation

- Plusieurs conditions sont nécessaires pour la validité des mesures.
  - L'élément père doit être **incorporé à la roche au moment de sa formation** et non pas après.
  - La roche doit former un système clos et ne pas laisser « fuir » les éléments radioactifs.
  - Enfin, il faut connaître le nombre d'éléments pères au moment de la formation de la roche.
- Ainsi, la **datation absolue complète les méthodes de chronologie relative** : lorsque l'âge absolu d'une couche est connu en un endroit, s'il est possible d'établir une **corrélation avec d'autres roches** (selon les principes de superposition ou de recoupement), on pourra aussi dater ces dernières de façon absolue.

Remarque

Une roche sédimentaire ne peut pas constituer un système clos.

Cette méthode s'utilise pour dater les roches magmatiques ou métamorphiques dont les cristaux se forment en profondeur et non les roches sédimentaires formées à partir d'éléments préexistants.

Différentes méthodes de datation absolue

14

Lue Relue Apprise

Le choix de l'élément radioactif utilisé pour dater une roche dépend de l'âge supposé de celle-ci, lequel peut être appréhendé par chronologie relative.

1 Des éléments aux périodes de désintégration variées

- Si le principe de datation reste le même quel que soit l'âge de la roche, les caractéristiques de chaque **chronomètre isotopique** font que chacun a des applications particulières.
- D'un élément radioactif à l'autre, **la demi-vie est différente** : elle varie de quelques milliers d'années à quelques milliards. Aussi, on tient compte de l'ordre de grandeur de l'âge supposé de la structure à dater dans le choix de l'élément radioactif utilisé.

Lexique

Chronomètre isotopique : couple formé par un isotope père radioactif et un isotope fils radiogénique, permettant de mesurer un âge absolu.

2 Différents chronomètres pour dater les roches

A Le carbone^{14}

- Le carbone^{14} ou « élément père » se désintègre en azote^{14}. Sa période est de 5 730 ans. Par conséquent, le carbone^{14} est utilisé pour dater des échantillons de quelques centaines d'années à quelques milliers. Au-delà, la quantité restant dans l'échantillon est trop faible, voire nulle.
- Le carbone^{14} est produit en permanence dans la haute atmosphère à partir de l'azote. Sa teneur, par rapport à celle du carbone^{12}, est constante et connue pour un milieu donné. Cet élément est particulièrement utilisé pour **dater les fossiles**. En effet, l'incorporation du carbone cesse **à la mort de l'organisme. Le système se ferme** et le carbone^{14} commence à se désintégrer.
- Connaissant le rapport carbone^{14}/carbone^{12} du milieu de vie de l'organisme, celui du fossile ainsi que la constante de désintégration, il est alors possible de calculer son âge.

B Le couple potassium-argon

- Pour dater des roches anciennes on utilise le couple potassium-argon. Le potassium^{40} se désintègre en argon^{40} avec une période de 1,3 milliards d'années. Ce couple présente un intérêt pratique certain : en effet, l'élément fils (l'argon) provient en théorie exclusivement de la désintégration du potassium. Pour calculer l'âge de la roche, on calcule le rapport entre la quantité de potassium et celle de l'argon, ce qui revient à calculer le rapport élément père/élément fils.

- Néanmoins, l'air et l'eau contiennent de l'argon et peuvent polluer la roche, ce qui peut induire des erreurs d'âge.

C Le couple rubidium-strontium

- Pour la datation des roches les plus anciennes, on utilise le couple rubidium-strontium. En effet, le rubidium^{87}, radioactif, se transforme en strontium^{87} avec une **période longue** de près de 50 milliards d'années. La difficulté de la méthode tient au fait que le strontium^{87} est présent dans la roche au moment de sa formation, en quantité inconnue, tout comme celle du rubidium^{87}.
- Or, il existe un autre isotope du strontium : le strontium^{86}, lui-même stable. Ainsi, le rapport $^{87}Sr/^{86}Sr$ augmente au cours du temps du fait de l'apport en ^{87}Sr issu de la désintégration du ^{87}Rb.
- Le rapport $^{87}Sr/^{86}Sr$ actuel dans une roche dépend donc de la quantité de ^{87}Sr formé par désintégration, c'est-à-dire de l'âge de la roche et de la quantité initiale de ^{87}Rb. On peut alors établir l'équation suivante :

$$(^{87}Sr/^{86}Sr) \text{ actuel} = (^{87}Rb/^{86}Sr)\ \lambda t + (^{87}Sr/^{86}Sr) \text{ initial.}$$

Doc. Datation du granite par la méthode rubidium-strontium

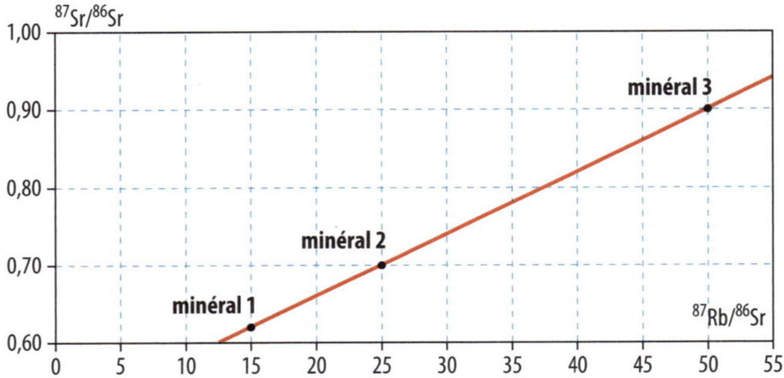

- Cette équation de la forme **y = ax + b** se traduit graphiquement par une **droite** dans laquelle le **coefficient directeur λt** permet de déterminer l'âge de la roche.
- La construction de cette droite est obtenue à partir des mesures de $^{87}Sr/^{86}Sr$ et de $^{87}Rb/^{86}Sr$ sur différents minéraux de la même roche. Chacun de ces points correspond à des minéraux de même âge, celui de la roche. Par conséquent, cette droite est appelée « **droite isochrone** ».

Remarque

Lorsque l'on compare deux droites isochrones, celle dont la pente est la plus forte correspond à une roche plus ancienne.

Le temps et les roches

Révision EXPRESS

Le schéma à retenir

La mesure du temps en géologie

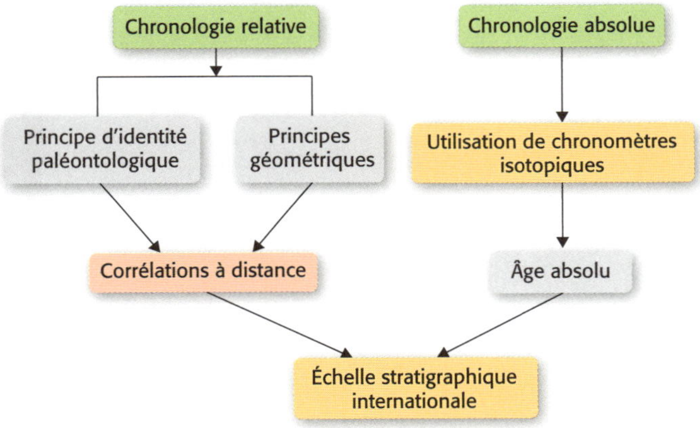

Les points essentiels

- La **chronologie relative** consiste à établir une **succession** d'événements les uns par rapport aux autres grâce aux principes de **superposition**, de **recoupement**, d'**inclusion** et de **continuité**.
- Les **fossiles stratigraphiques** sont utilisés comme **marqueurs du temps**. Ils ont une courte durée d'existence, une abondance et une large répartition.
- L'apparition et la disparition des espèces est utilisée pour établir une **échelle stratigraphique**. Elle comporte plusieurs divisions et sous-divisions stratigraphiques (étages, systèmes, ères).
- Les grandes divisions du temps ont été établies à partir des **crises biologiques** : des modifications brutales de toute la biosphère.
- Les **éléments radioactifs** présents dans les roches permettent leur **datation absolue**. En effet, la désintégration d'un élément donné est une fonction du temps, indépendante des conditions du milieu (température, pression...).

- Plusieurs éléments radioactifs sont utilisés comme **chronomètres**. Ils diffèrent les uns des autres par leur **période**, c'est-à-dire le temps nécessaire pour qu'une quantité d'éléments radioactifs diminue de moitié.
- Le **carbone^{14}**, avec une **période courte**, est utilisé pour dater des **objets** relativement **récents**. Pour les roches les plus anciennes, on peut utiliser le couple argon-potassium ou le couple rubidium-strontium.

Quiz

1. Lorsqu'une roche est affectée par une déformation, celle-ci lui est postérieure.

❑ Vrai ❑ Faux

2. L'âge de la Terre a pu être établi grâce à l'utilisation du carbone^{14}.

❑ Vrai ❑ Faux

3. Les fossiles ont l'âge des roches qui les contiennent.

❑ Vrai ❑ Faux

4. Si A est inclus dans B, B est antérieur à A.

❑ Vrai ❑ Faux

5. La vitesse de désintégration d'un élément radioactif est aussi appelée « période ».

❑ Vrai ❑ Faux

Réponses : 1. Vrai. **2.** Faux. **3.** Vrai. **4.** Faux. **5.** Faux.

Des domaines continentaux d'âges variés

15

Lue Relue Apprise

Plusieurs indices géologiques permettent de retrouver les traces d'anciennes chaînes de montagnes pourtant démantelées aujourd'hui.

1 Deux types de chaînes de montagnes

- Des formations géologiques comme le Massif armoricain, le Massif central ou les Vosges présentent, malgré leur altitude modeste, des caractéristiques de **chaînes de montagnes : déformations** (plis, failles inverses et chevauchements) et **présence d'ophiolites** (roches issues de la lithosphère océanique, voir la fiche 16).
- Elles se distinguent néanmoins d'autres chaînes de montagnes comme les Alpes ou l'Himalaya par la moindre épaisseur de leur couverture sédimentaire. En revanche, les **roches plutoniques et métamorphiques** (comprenant des minéraux repères de haute pression comme le grenat) avec des traces de fusion ou « migmatites » y sont **plus abondantes.**

Remarque

Les roches métamorphiques sont des roches transformées sous l'effet de variations de pression et/ou de température.

- Or, les roches magmatiques et métamorphiques se forment **en profondeur**. Leur affleurement témoigne d'une intense **érosion** qui a fait disparaître les roches qui les recouvraient auparavant.
- Par ailleurs, dans le Massif central ou le Massif armoricain, les roches ont des âges supérieurs à 300 Ma, contre 100 Ma maximum dans les Alpes, par exemple. Ainsi, ce sont des chaînes de montagnes anciennes qui ont été démantelées après leur formation.

2 Des ceintures orogéniques mondiales

- Le Massif armoricain, le Massif central ou les Vosges appartenaient à une vaste chaîne qui s'étendait du sud de l'Espagne jusqu'au Caucase, sur 5 000 km de long : la chaîne hercynienne (- 420 à - 250 Ma), aujourd'hui érodée. Ainsi apparaissent en surface les roches métamorphiques et les granites qui constituaient autrefois la racine profonde de la chaîne.
- À l'échelle mondiale, ces chaînes de montagnes anciennes forment des bandes allongées appelées « **ceintures orogéniques** ».
- Un continent associe plusieurs domaines d'âge différent, chacun portant le reliquat d'une ceinture orogénique. De ce fait, les **continents s'accroissent** par la succession de cycles orogéniques.

Doc. **Les principales chaînes de montagnes anciennes et récentes d'Amérique du Nord**

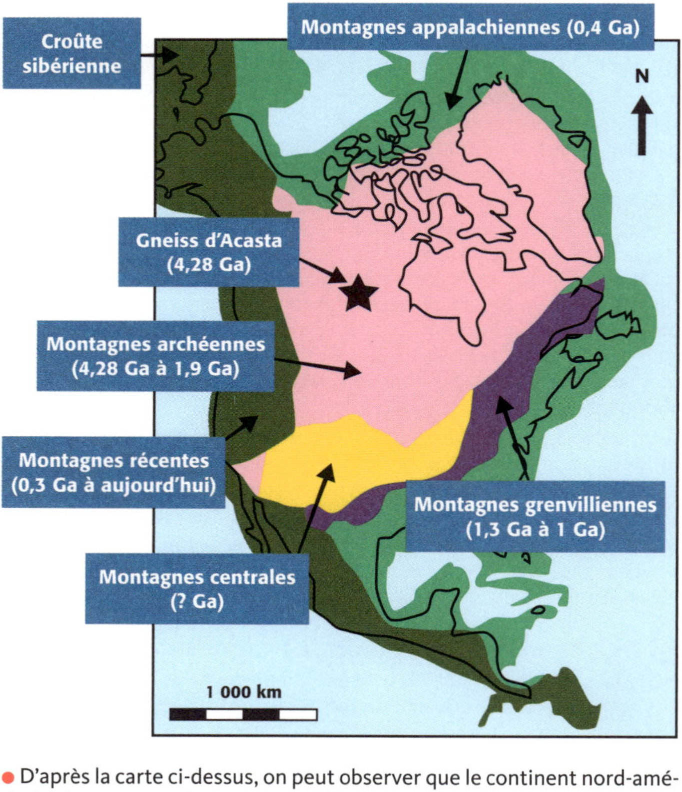

- D'après la carte ci-dessus, on peut observer que le continent nord-américain s'est progressivement agrandi au cours d'**orogenèses successives**. Suite à la fermeture d'un domaine océanique, la collision entre deux lithosphères continentales provoque la formation d'une chaîne de montagnes, ce qui permet l'accroissement du continent.

La recherche d'océans disparus

16

Lue Relue Apprise

Dans les chaînes de montagnes, la lithosphère océanique ancienne témoigne de la présence d'un océan aujourd'hui disparu, à la suite d'une subduction.

1 Les ophiolites, fragments de lithosphère océanique

- Les chaînes de collision comme les Alpes renferment des ophiolites. Ce sont des associations constituées d'un empilement de roches telles que des **basaltes en coussin**, des **gabbros** et des **péridotites**. Cette séquence, pourtant caractéristique de la lithosphère océanique, se retrouve aujourd'hui à plusieurs milliers de mètres d'altitude sur les continents.
- On trouve, associées aux ophiolites, des **radiolarites** : des roches sédimentaires composées de fossiles d'animaux marins microscopiques. Les radiolarites se forment aujourd'hui **en milieu océanique à grande profondeur**.
- La présence des ophiolites et des roches associées prouve qu'**un océan aujourd'hui disparu se trouvait autrefois à l'emplacement actuel de la chaîne de montagnes**.

Lexique

Ophiolite : fragment émergé de la lithosphère océanique.

Lithosphère : couche la plus superficielle de la Terre, constituée de la croûte et de la partie supérieure du manteau.

Remarque

Selon le principe d'actualisme, on considère que les conditions de vie d'une espèce donnée sont les mêmes que dans le passé.

2 Les ophiolites, témoins d'une fermeture océanique

- Les données cartographiques montrent que les ophiolites sont **disposées dans l'axe de la chaîne de montagne**, comme c'est le cas par exemple dans la région du Tsang Po, dans l'Himalaya. Elles correspondent à la zone de suture entre deux lithosphères continentales, après la fermeture d'un océan par subduction.
- Une fois la lithosphère océanique subduite, **les deux lithosphères continentales se sont affrontées** et sont entrées en collision à l'endroit où se trouvent aujourd'hui les ophiolites.

Remarque

L'Inde s'est séparée d'Afrique de l'Est en même temps que s'ouvrait l'océan indien. Elle est remontée vers le nord et a percuté la plaque asiatique pour former l'Himalaya.

Doc. **Carte géologique simplifiée de l'Himalaya**

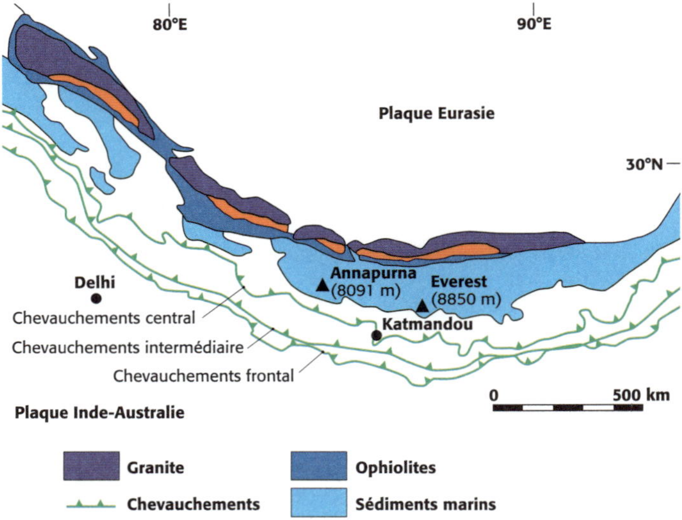

- La subduction étant bloquée, une partie de la lithosphère océanique échappe alors à l'enfouissement et passe par-dessus le continent. C'est le phénomène d'**obduction**.
- La lithosphère océanique a pu aussi remonter en surface, par des phénomènes complexes, après la subduction.

Lexique

Obduction : chevauchement d'une croûte continentale par une lithosphère océanique.

- Les plus vieilles ophiolites datent de **plus de 2 milliards d'années**, ce qui indique que le phénomène de subduction – et plus généralement la tectonique des plaques – existait déjà à cette époque.

Fragmentation continentale et ouverture océanique

17

Lue Relue Apprise

Une marge continentale renferme les témoins géologiques de la fragmentation d'un continent et de la naissance d'un océan.

1 Les marges passives, des structures en distension

A Des zones de transition

● Dans l'océan Atlantique, la croûte continentale s'amincit progressivement avant de se raccorder à la croûte océanique au niveau d'une **marge continentale passive**, c'est-à-dire dépourvue d'activité sismique ou volcanique.

Remarque

On parle de marge continentale même si cette zone est immergée car le socle est constitué de roches typiquement continentales (granite...).

Doc. Une marge passive

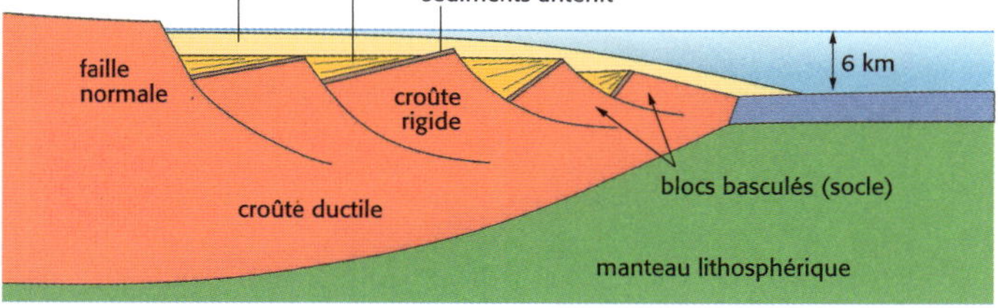

● La **croûte** des marges passives est **fragmentée en blocs basculés** le long de **failles normales**. Cette structure témoigne de l'existence de **forces de distension** ayant provoqué **l'étirement** de la croûte continentale.

● Dans sa partie inférieure, la croûte est étirée et amincie mais ne présente pas de failles. Ainsi, la croûte est **cassante en surface et ductile (souple) en profondeur**.

Lexique

Faille normale : faille dont le jeu est responsable d'un allongement des terrains concernés.

● Les caractéristiques d'une marge témoignent de l'action de **forces divergentes** à l'origine d'une **extension**.

B Une distension datée par chronologie relative

● La surface de la croûte est recouverte de plusieurs couches de roches sédimentaires. Les plus profondes sont affectées par les failles normales, ce qui indique qu'elles ont été déposées avant (« **sédiments prérift** ») le basculement des blocs.

- Le niveau moyen est lui aussi fracturé mais les couches de roches sont inclinées et **disposées en éventail**. Ces sédiments se sont donc déposés sur un socle instable pendant le basculement (« **sédiments synrift** »).
- Le niveau supérieur n'est pas affecté par les failles. Les sédiments se sont déposés après le basculement des blocs (« **sédiments postrift** »).
- Ainsi, la datation des sédiments (notamment grâce aux fossiles qu'ils contiennent) permet de déterminer la période de formation de la marge.

2 Les marges passives et la formation des océans

- Si l'on réunit virtuellement les deux marges passives d'un océan, on retrouve le stade correspondant au début de sa formation. Il s'agit d'un **rift continental** : une structure constituée par une croûte amincie, fracturée par des failles normales.

Doc. Un rift continental

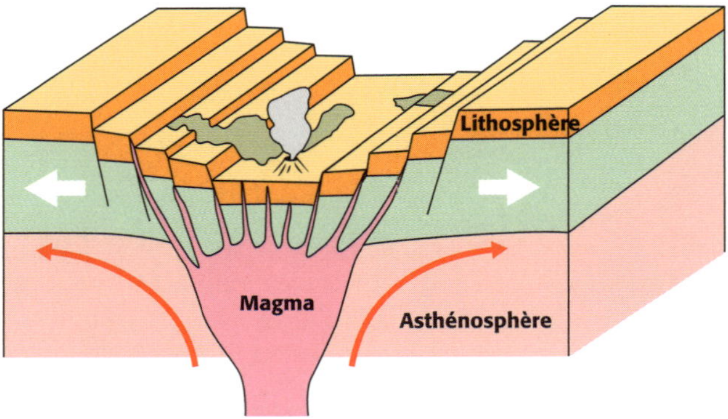

- Un rift continental se forme lors d'une **remontée de l'asthénosphère** qui réchauffe et distend la lithosphère sus-jacente. **La croûte se fracture alors et du magma remonte**. Du fait de son effondrement, le rift continental est progressivement envahi par la mer.

Lexique

Asthénosphère : enveloppe rocheuse ductile située sous la lithosphère.

- La poursuite de la distension entraîne l'**éloignement des deux moitiés du rift**.
- De la **croûte océanique basaltique** se met en place, un océan se forme et grandit. C'est l'**expansion océanique**. Chaque moitié du rift est devenue une **marge passive**.

Une dynamique cyclique de la lithosphère

18

Lue Relue Apprise

Les chaînes de montagnes se forment et disparaissent de façon répétée au cours de l'histoire de la Terre.

1 Des cycles orogéniques

- L'histoire de la Terre est marquée par un **enchaînement de cycles orogéniques.** Un cycle orogénique correspond à la **succession d'événements au cours desquels une chaîne de montagnes se forme, puis disparaît** :
  - **fracturation d'un continent**, puis ouverture d'un océan et sédimentation ;
  - orogenèse avec **déformation** des sédiments et élévation de reliefs ;
  - pénéplanation de la chaîne, notamment par érosion.

Lexique

Orogenèse : formation d'une chaîne de montagnes.

Pénéplanation : aplanissement d'une zone continentale.

- Le cycle orogénique **se double d'un cycle de la matière** au cours duquel les roches sont érodées, métamorphisées et renouvelées totalement lorsqu'elles fondent pour donner un magma, lequel cristallisera à nouveau.
- Au cours de l'histoire de la Terre, des cycles orogéniques d'une durée d'environ **200 Ma** se sont succédés, déterminant ainsi **plusieurs périodes paléogéographiques**.

2 Le cycle des supercontinents

- La succession de ces cycles orogéniques a participé à la **construction des continents** en permettant leur accroissement progressif.
- Il y a 300 millions d'années, la collision de deux blocs continentaux lors de l'orogenèse hercynienne aboutit à la formation d'un **super continent** : la **Pangée**.
- Sa dislocation il y a 175 millions d'années commence avec l'**ouverture de l'Atlantique central**, suivie par celle de l'Atlantique sud, puis par celle de l'Atlantique nord.
- Ainsi, la dynamique de la lithosphère obéit aussi à des **cycles de plus grande durée** (incluant les cycles orogéniques) et qui comportent :
  - une phase de **distension** entraînant la **fragmentation** d'un supercontinent et l'apparition d'un **rift**, puis la formation d'un **océan** ;
  - une phase de **convergence** des plaques, avec **subduction** de la lithosphère océanique qui, plus âgée, est devenue plus dense. Celle-ci est suivie de la **collision** de deux continents et de l'édification d'une **chaîne de montagnes**.

- une phase **d'érosion** des reliefs qui conduit à la remontée des roches profondes, magmatiques et métamorphiques. Des **sédiments s'accumulent** dans un bassin sédimentaire et un nouveau cycle peut recommencer.

Doc. Le cycle de Wilson

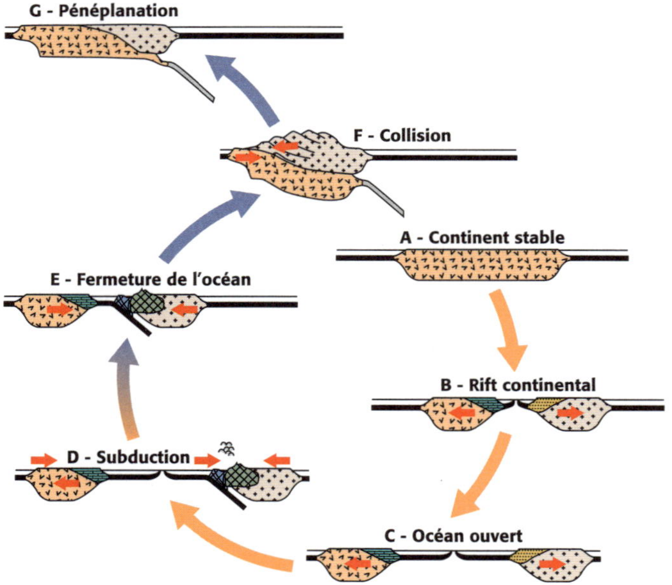

● Ce cycle est appelé « **cycle de Wilson** » ou « **cycle des supercontinents** ». D'une durée de 400 à 600 Ma, il s'est reproduit de huit à douze fois au cours de l'histoire de la Terre.

Les traces du passé mouvementé de la Terre

Révision EXPRESS

Le schéma à retenir

Du rift continental à l'ouverture d'un océan

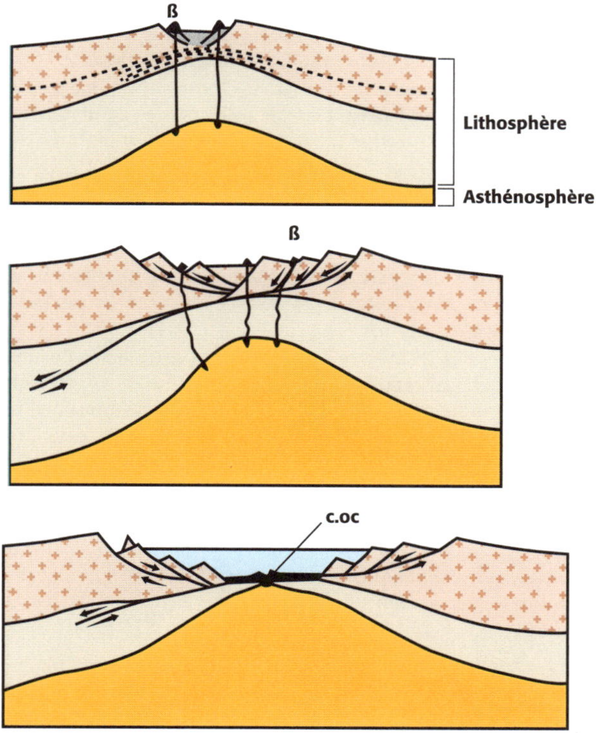

ß = basalte **c.oc = croûte océanique**

Les points essentiels

- Les chaînes de montagnes anciennes présentent un **relief érodé** et des **déformations**. Des roches **magmatiques** et **métamorphiques** d'origine profonde y affleurent. Ces chaînes de montagnes forment des bandes allongées appelées « **ceintures orogéniques** ».

Les traces du passé mouvementé de la Terre

Révision EXPRESS

- Les chaînes de montagnes récentes présentent des reliefs élevés et d'épaisses couches de roches sédimentaires. Les chaînes de **collision** comme les Alpes renferment des **ophiolites**, reliques de la lithosphère océanique. Elles marquent la zone de **suture** entre deux plaques, après une collision suite à la fermeture océanique par **subduction**.
- Dans une **marge continentale** passive, la croûte est fragmentée en blocs basculés, le long de **failles normales**. Des forces de **distension** sont à l'origine de la fracturation continentale et de la formation d'une croûte océanique.
- Les chaînes de montagnes se forment et disparaissent au cours d'une succession d'événements : ouverture d'un océan, sédimentation, subduction, puis collision et élévation de reliefs, érosion.
- L'ensemble forme un **cycle orogénique** dont la succession au cours de l'histoire de la Terre a déterminé différentes **périodes paléogéographiques**.
- Au cours de l'histoire de la Terre, la lithosphère a été animée de mouvements qui ont abouti régulièrement à la formation de **supercontinents**, comme celui de la Pangée. Ceux-ci ont été disloqués avant d'être reconstitués autrement.

Quiz

1. Les ophiolites témoignent de la subduction d'une lithosphère océanique sous une autre, de même nature.

❑ Vrai ❑ Faux

2. Les marges continentales passives sont affectées de failles normales.

❑ Vrai ❑ Faux

3. Au niveau d'une chaîne de collision, la lithosphère continentale est subduite sous la lithosphère océanique.

❑ Vrai ❑ Faux

4. La Pangée est un supercontinent.

❑ Vrai ❑ Faux

5. Un cycle orogénique comprend une phase d'ouverture océanique.

❑ Vrai ❑ Faux

Réponses : 1. Faux. **2.** Vrai. **3.** Faux. **4.** Vrai. **5.** Vrai.

La plante : ses échanges avec l'air et le sol

19

Lue Relue Acquise

Le mode de vie dite « fixée » de la plante l'oblige à développer les échanges avec son milieu et à les rendre plus efficaces.

1 Une vie fixée entre le sol et l'air

- **Les plantes à fleurs** (groupe des Angiospermes) sont des végétaux dont l'appareil végétatif est constitué d'une tige feuillée aérienne et d'une racine qui les fixe dans le sol. L'appareil reproducteur est quant à lui constitué par la fleur.
- **L'appareil végétatif se trouve à l'interface du sol et de l'air :** les racines au contact du sol, les feuilles au contact de l'air.

Lexique

Appareil végétatif : ensemble des organes de la plante à l'exception de ceux liés à la reproduction.

2 Les feuilles, à l'interface avec l'air

- **Les feuilles constituent une vaste surface d'échange.** Leur structure aplanie favorise la capture de la lumière et du dioxyde de carbone, nécessaires à la photosynthèse.
- **La photosynthèse permet, grâce à l'énergie lumineuse, la synthèse de la matière organique** (glucose, acides aminés) à partir de matière minérale (eau, CO_2, ions minéraux). **Elle se déroule à l'intérieur des chloroplastes présents dans les cellules chlorophylliennes.**

Remarque

La relation entre la **structure** d'un organe et sa **fonction** ne doit pas inciter au **finalisme**, c'est-à-dire à considérer, par exemple, que la feuille a une grande surface « parce qu'elle doit capter la lumière ».

- **La fine épaisseur des feuilles** permet aux rayons solaires d'atteindre toutes les cellules. Allongées, accolées les unes aux autres et riches en chloroplastes, celles-ci constituent un tissu spécialisé dans la photosynthèse, le **parenchyme chlorophyllien palissadique.**
- La forme et la disposition des cellules du parenchyme palissadique offrent une **vaste surface** qui augmente le rendement de la capture lumineuse.
- **Le dioxyde de carbone pénètre dans les feuilles à travers les stomates.** Chaque stomate est formé de deux cellules stomatiques ménageant un orifice capable de s'ouvrir ou de se fermer. Ce dispositif, ainsi que la répartition principale des stomates sur la face inférieure des feuilles, limitent les pertes d'eau.
- Les stomates s'ouvrent sur des cavités remplies d'air délimitées par des cellules, petites et arrondies, qui constituent le **parenchyme lacuneux**.

Doc. **Stomate ouvert (a) et partiellement fermé (b)**

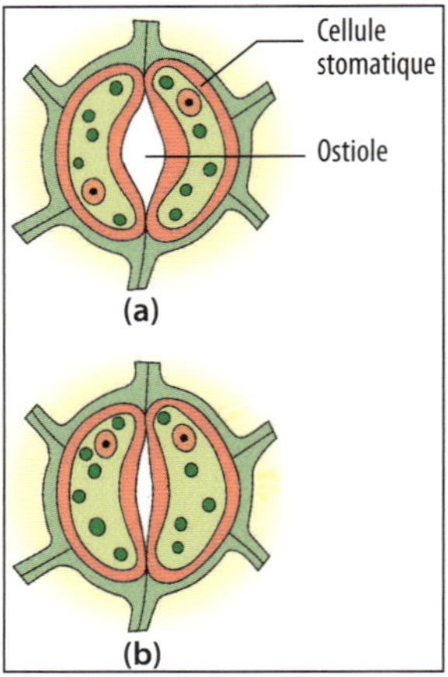

Doc. **Coupe transversale de feuille vue au microscope optique**

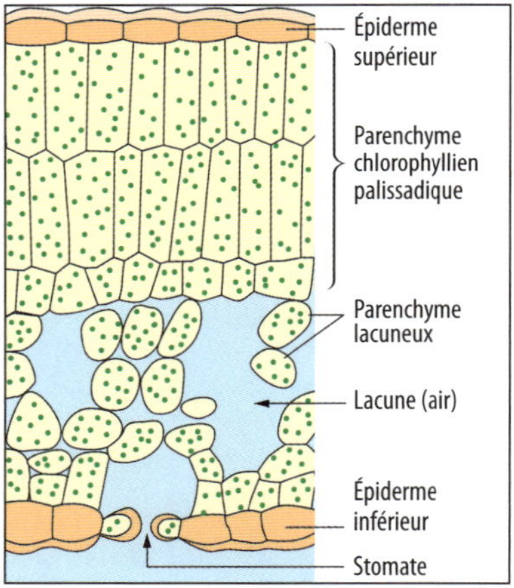

3 Les racines, à l'interface avec le sol

- **Les racines fixent la plante dans le sol** et développent des racines secondaires ramifiées.
- Les racines permettent à la plante d'**absorber l'eau et les sels minéraux** présents dans le sol grâce aux poils absorbants **de la zone pilifère.**
- Chaque poil absorbant est constitué d'une seule cellule allongée, limitée par une fine paroi. Nombreux, ces poils constituent une **grande surface d'échange**, parfois de plusieurs centaines de m² pour une seule plante.

Lexique

Poil absorbant : cellule de la racine absorbant l'eau et les sels minéraux.

Doc. **Coupe transversale de racine et poil absorbant**

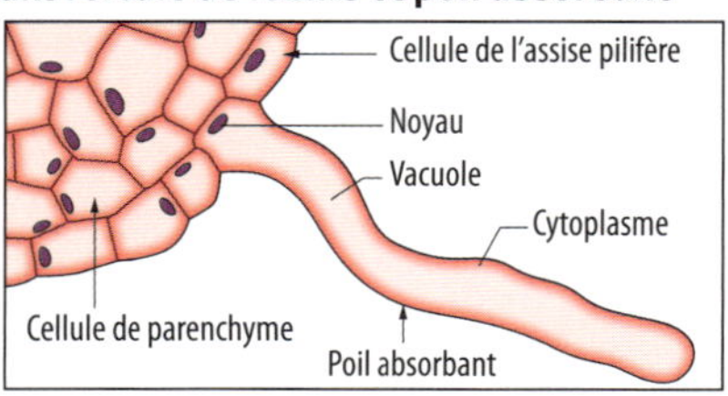

La circulation de matière dans la plante

20

Lue Relue Acquise

La plante est le siège d'un double système de circulation véhiculant deux types de sèves.

1 La sève brute et son transport

Lexique

Sève brute : liquide composé d'eau et de sels minéraux et distribué dans la plante par les vaisseaux du xylème.

Xylème : ensemble des vaisseaux conducteurs de sève brute.

● Une fois dans la racine, l'eau et les sels minéraux constituent la **sève brute** qui est prise en charge par des cellules conductrices formant les vaisseaux du **xylème**.

Doc. Xylème (trois premiers vaisseaux) et phloème (à droite) – vue longitudinale

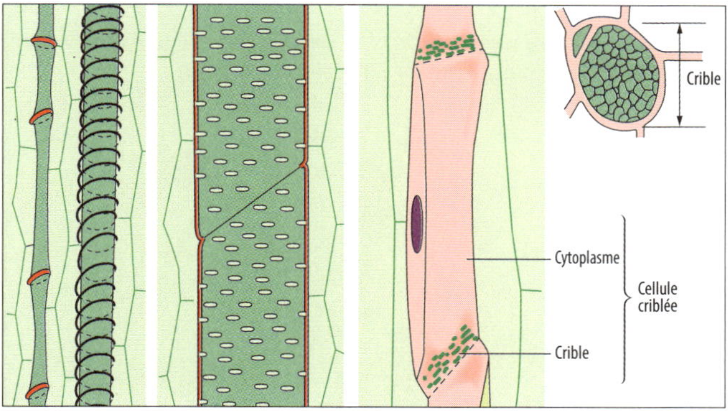

● Les vaisseaux du xylème sont constitués d'un **empilement de cellules mortes** dont il ne reste que les **parois longitudinales ornées d'épaississements de lignine** (anneaux, spires) ou de ponctuations.

● Dans le xylème, la sève brute **circule de façon ascendante** pour être distribuée dans toute la plante. Arrivée dans les feuilles, une partie de l'eau s'évapore par les stomates. La **transpiration** des feuilles crée ainsi un **appel d'eau** qui entretient la montée de sève brute, depuis les organes souterrains jusqu'aux organes aériens.

● Les stomates, concentrés sur la face inférieure des feuilles, à l'abri du soleil, se ferment en cas de sècheresse pour éviter la déshydratation.

2 La production de sève élaborée et son transport

- En passant **dans les feuilles, la sève brute se charge en substances organiques** produites par la photosynthèse. Elle se transforme alors en **sève élaborée**.

Lexique

Sève élaborée : liquide riche en molécules organiques synthétisées dans les feuilles et distribué dans la plante par le phloème.

Doc. La circulation de matière dans la plante

- La circulation de la sève élaborée est réalisée par l'intermédiaire du phloème. Il s'agit d'un ensemble de **tubes criblés**, eux-mêmes formé par un empilement de **cellules vivantes** séparées par des parois transversales criblées de **pores**.
- La sève élaborée produite dans les feuilles est **distribuée dans toute la plante** et **permet la croissanc**e des feuilles plus jeunes, des tiges, des bourgeons, des racines et des fruits.
- Elle participe également à la formation de **réserves** dans des **organes souterrains** (tubercules) ou dans les **graines**.

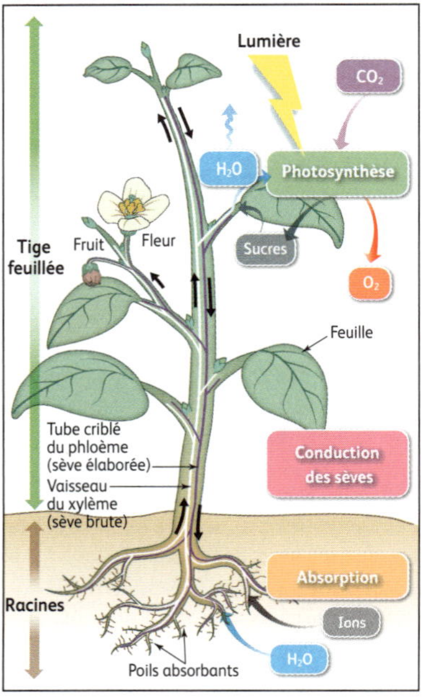

Croissance et développement de la plante

21

Lue Relue Acquise

Le développement de la plante dépend de phénomènes cellulaires (division, croissance, différenciation) qui conditionnent son organisation.

1 Les phénomènes du développement

- La plante se forme à partir de la **germination** d'une **graine** contenant un **embryon**. Au cours du développement, en même temps que les organes se mettent en place, la taille du végétal augmente.
- La **croissance** des organes résulte d'une **augmentation du nombre et de la taille** des cellules. Ainsi, l'extrémité de la racine renferme des territoires spécialisés, les **méristèmes**, dont **les cellules se divisent activement**.
- Les cellules nouvellement formées repoussent celles qui sont issues des divisions précédentes. En s'éloignant, elles augmentent de taille dans « la **zone d'élongation** cellulaire ».

Lexique

Méristème : ensemble de cellules en division.

Zone d'élongation (de la racine) : partie de la racine au niveau de laquelle les cellules sont en croissance et s'allongent.

Doc. La structure et la croissance de la racine

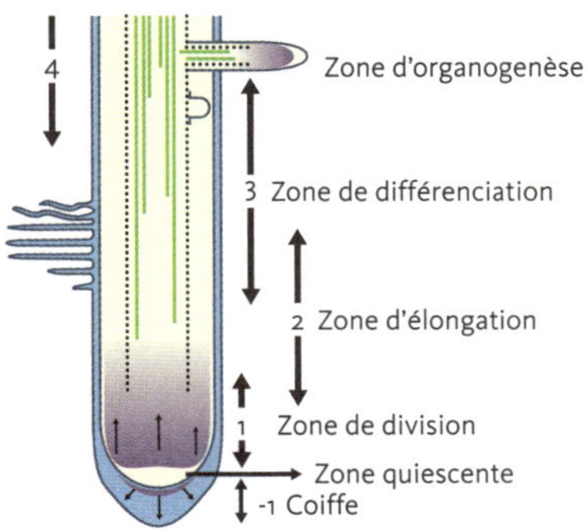

- Les cellules méristématiques sont **totipotentes** et **conservent des caractères de cellules embryonnaires.** Elles renferment de petites vacuoles et le volume de leur noyau par rapport à celui du cytoplasme est élevé.

Lexique

Totipotente (cellule) : capable de donner différents types cellulaires.

● La croissance du végétal est **indéfinie** car les méristèmes fonctionnent durant toute la vie de la plante.

● Enfin, **les cellules se différencient** : elles acquièrent une **structure particulière** leur permettant de réaliser une **fonction**.

2 Une organisation en phytomères

● Dans la tige, des **bourgeons apicaux** (terminaux) et **axillaires** renferment des **méristèmes** responsables de l'édification des feuilles et des rameaux. Le **port** du végétal (sa forme) dépend du fonctionnement des bourgeons.

● La plante est organisée en une **succession de phytomères**, ensembles d'unités fonctionnelles.

Lexique

Bourgeon apical : bourgeon situé à l'extrémité de la tige.

Bourgeon axillaire : bourgeon situé au niveau des nœuds.

Phytomère : unité fonctionnelle constitutive d'une plante, formée d'un nœud et d'un entrenœud.

Doc. **L'organisation d'une tige feuillée**

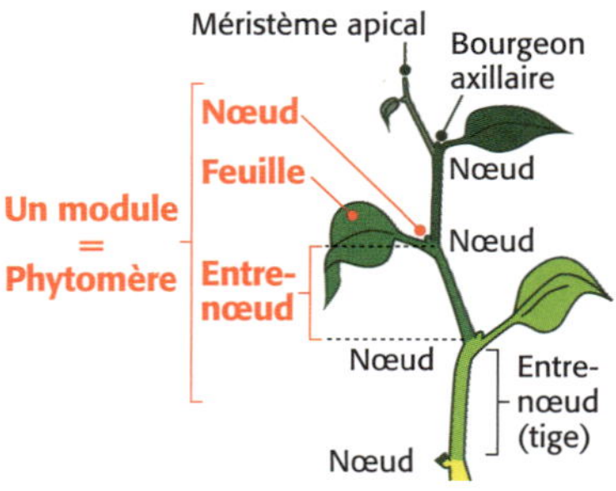

● Chaque **phytomère** est constitué typiquement d'un **nœud (zone de division cellulaire**) à partir duquel se développe une feuille, d'un **entre-nœud** (segment compris entre deux nœuds successifs) et d'un **bourgeon axillaire** à la base de la feuille.

● Initialement, une jeune plante ne produit des phytomères qu'au niveau du **méristème terminal** mais plus tard, au cours du développement, des **méristèmes secondaires** se forment. Ils donnent alors naissance à des phytomères latéraux, qui permettent la **croissance latérale** de la plante et sa **ramification**.

Les hormones végétales et le développement

22

Lue Relue Acquise

À l'intérieur de la plante, les organes communiquent par l'intermédiaire de messagers chimiques : les hormones végétales.

1 Hormones et organogenèse

- Les hormones végétales sont des **messagers chimiques circulant à l'intérieur de la plante**. Plusieurs d'entre elles ont été identifiées, comme **l'auxine**, les **cytokinines** et les **gibbérellines**.
- Les différentes étapes de la **morphogenèse** sont contrôlées par l'action des hormones. Elles agissent sur les cellules méristématiques en **stimulant leur division** ou, au contraire, en les entraînant vers la **différenciation**.
- Selon les hormones, les cellules méristématiques se différencient en une catégorie de cellules ou en une autre. Par exemple, **l'auxine** favorise l'apparition de **racines**, tandis que les **cytokinines** sont responsables de la formation de **tiges**. Les hormones permettent ainsi le développement des organes de la plante, c'est-à-dire l'**organogenèse**.

Lexique

Morphogenèse : acquisition de sa forme par la plante.

Organogenèse : développement des organes de la plante.

2 Hormones et port de la plante

- Les hormones sont aussi **responsables du port de la plante**. Le **bourgeon apical** d'une tige **sécrète de l'auxine** qui **inhibe le développement des bourgeons axillaires**, situés en dessous le long de la tige : on parle de **dominance apicale**.
- **L'ablation du bourgeon apical** entraîne le **développement des axillaires**. L'inhibition des axillaires peut être restaurée par l'application d'auxine dans la zone apicale. C'est donc bien **l'auxine** libérée par le bourgeon apical qui **empêche le développement des axillaires**.
- Ainsi, la croissance se fait principalement par le bourgeon apical. Elle est alors verticale comme chez les pins. Si la dominance apicale est faible, l'arbre prend au contraire l'aspect d'une boule.
- La concentration des hormones végétales peut être différente d'un point à l'autre de la plante. Ainsi, **l'auxine est synthétisée à l'apex** de la tige et **son transport est polarisé** : il est dirigé de l'apex vers la racine, avec pour conséquence une inégale répartition de l'hormone d'une extrémité à l'autre de la plante.

3 Hormones et environnement

- À l'intérieur d'une même espèce, des individus présentent des différences de forme selon les **conditions du milieu** dans lequel ils se développent. En les changeant de milieu, ils acquièrent une nouvelle forme. Les conditions de l'environnement **influencent la morphogenèse**.

Doc. Effet de la lumière sur la répartition de l'auxine à l'apex d'un coléoptile*

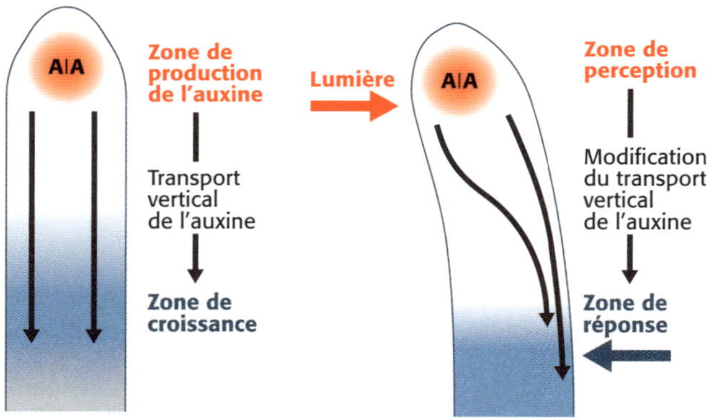

*Étui creux enveloppant les premières feuilles d'une jeune plantule de graminée

- L'action des hormones est **modulée par l'environnement**. Si une plante reçoit un éclairage latéral, elle grandit plus vite du côté non éclairé. Cette croissance inégale s'explique par la **migration de l'auxine, sous l'action de la lumière**, vers le côté non éclairé, ce qui provoque une plus forte croissance de ce dernier.

La photosynthèse et la production de matière

23

Lue Relue Acquise

Les végétaux sont autotrophes, c'est-à-dire capables de réaliser la synthèse de matière organique à partir de matière minérale grâce à l'énergie lumineuse.

1 La conversion de l'énergie lumineuse en énergie chimique

A La capture de la lumière par la chlorophylle

- L'énergie lumineuse est **captée par la chlorophylle** contenue dans les **chloroplastes**, des organites présents dans les cellules chlorophylliennes.
- Le **spectre d'absorption** de la chlorophylle représente les variations de l'absorption de la chlorophylle en fonction de la longueur d'onde des radiations lumineuses : la chlorophylle présente un **maximum d'absorption** dans le **rouge** (680 nm) et le **bleu** (440 nm) mais n'absorbe pas le vert.
- Le **spectre d'action** de la photosynthèse représente les **variations de l'intensité de la photosynthèse** selon le type de radiations reçues. On constate que l'intensité de la photosynthèse est **maximale pour les radiations rouge et bleue**.
- Le **spectre d'action** de la photosynthèse **se superpose au spectre d'absorption de la chlorophylle.** L'énergie lumineuse captée par la chlorophylle est donc utilisée par la plante au cours de la photosynthèse.

Remarque

L'intensité de la photosynthèse peut être mesurée par la quantité de dioxygène dégagée, ou celle de de dioxyde de carbone absorbée.

B Utilisation de l'énergie lumineuse

- L'absorption de lumière par la chlorophylle permet la photolyse de l'eau. Cette **réaction d'oxydation** s'accompagne d'un dégagement de dioxygène et est **couplée avec la réduction d'un** oxydant R (devenu un composé réducteur RH_2) selon la réaction ci-dessous.

$$2H_2O + 2R \rightarrow 2RH_2 + O_2$$

- Par ailleurs, l'énergie libérée au cours de ces réactions d'oxydoréduction permet la **synthèse d'ATP** (une molécule riche en énergie chimique).

Lexique

Photolyse de l'eau : dissociation de la molécule d'eau sous l'action de la lumière captée par la chlorophylle.

Oxydant : molécule susceptible de fixer des électrons.

- Parallèlement, le dioxyde de carbone est absorbé par la feuille. La **réduction du CO_2** et l'utilisation de l'ATP formé aboutissent à la **formation de molécules organiques,** sous forme de **glucides** dans un premier temps, notamment le glucose.
- Ainsi, l'utilisation de six molécules de CO_2 permet la formation d'une molécule de glucose. On peut donc écrire la réaction globale de la photosynthèse de cette façon : $6CO_2 + 6H_2O \rightarrow C_6H_{12}O_6 + 6O_2$.

2 Distribution et métabolisme des molécules organiques

- Le glucose, produit au cours de la photosynthèse dans les chloroplastes, est en partie transformé en un sucre : le saccharose. Celui-ci est fabriqué dans le cytoplasme des cellules chlorophylliennes à partir du glucose et du fructose, tous deux de même formule : $2C_6H_{12}O_6 \rightarrow (C_6H_{10}O_5)_2 + H_2O$.
- Une enzyme, la saccharose synthétase, catalyse cette réaction. Ce sucre à douze atomes de carbone, de masse suffisamment petite, est transporté par la **sève élaborée**.
- Des acides aminés sont synthétisés dans la feuille à partir des **glucides** de la photosynthèse et d'**ammoniac** (NH_3), source d'azote.
- L'ammoniac peut être formé à partir de la **réduction des nitrates** (NO_3^-) prélevés dans le sol. Il peut aussi provenir de la fixation de l'azote atmosphérique par des micro-organismes vivant en symbiose (voir la fiche 10) avec les plantes.

Lexique

Saccharose : glucide à douze atomes de carbone.

Acide aminé : molécule élémentaire constituant une protéine.

Le devenir des produits de la photosynthèse

24

Lue Relue Acquise

Les molécules organiques synthétisées lors de la photosynthèse sont transformées en différents produits qui assurent des fonctions biologiques variées.

1 La croissance et le développement

- La croissance de la plante résulte d'une **augmentation du nombre et de la taille** des cellules qui s'accompagne de la **synthèse des constituants cellulaires.**
- Les cellules végétales sont limitées par une **paroi rigide et perméable** à l'eau, composée principalement de cellulose. Cette macromolécule se forme au niveau de la membrane plasmique, par polymérisation **de molécules simples de glucose**, produites par la photosynthèse. Deux molécules de glucose s'associent entre elles pour former une molécule intermédiaire appelée « **cellobiose** ». À leur tour, les cellobioses s'associent et forment une molécule de **cellulose**. Des **enzymes spécifiques** catalysent cette synthèse.

Lexique

Cellulose : macromolécule constituée par l'association de nombreuses molécules de glucose.

Polymérisation : association de plusieurs molécules entre elles.

- L'association de nombreuses molécules les unes à la suite des autres leur donne l'aspect de **fibrilles** qui s'allongent et progressent pour entourer la paroi.
- La cellulose est responsable de la **rigidité de la cellule** et permet le **port dressé** de la plante. Sa chimie et sa structure expliquent ses propriétés.
- Les vaisseaux du **xylème** doivent leur rigidité à la présence de **lignine**, une macromolécule qui est l'un des principaux **constituants du bois**, avec la cellulose. La lignine est aussi une macromolécule fabriquée à partir des produits de la photosynthèse.
- La **phénylalanine**, un acide aminé, subit une cascade de réactions faisant intervenir une dizaine de familles d'enzymes différentes afin de constituer des molécules complexes qui seront elles-mêmes additionnées pour former la lignine.

2 Des molécules de réserves

- Le **saccharose** est distribué aux organes de réserves. Dans le **tubercule**, il est à nouveau converti en glucose, lequel est à son tour utilisé pour la synthèse d'un glucide de réserve : **l'amidon**.

- Au cours de cette réaction, de nombreuses molécules de glucose sont additionnées par des liaisons covalentes pour former un polymère de glucose : $nC_6H_{12}O_6 + nH_2O \rightarrow (C_6H_{10}O_5)n$.
- Cette macromolécule, insoluble, est accumulée dans des cellules spécialisées à l'intérieur d'organites spécifiques : les **amyloplastes**.
- Au printemps, les molécules de réserve sont hydrolysées, en glucose notamment, et redistribuées par les tissus conducteurs aux parties aériennes qui reprennent leur vie active et leur croissance.

3 La synthèse des constituants de la vie de relation

- Fixée dans le sol, la plante est vulnérable face aux prédateurs. Elle a développé des dispositifs variés pour se défendre : elle produit notamment différentes **molécules à rôle protecteur**.
- Les feuilles renferment des substances protectrices, synthétisées en permanence ou au moment de l'attaque par un herbivore : les **terpénoïdes**, au goût amer, provoquent des convulsions ou des allergies de la peau et les **inhibiteurs de protéases** empêchent la digestion. Après le début de sa consommation, la plante libère aussi des substances qui, en attirant les prédateurs ou les parasites de l'agresseur, limitent son attaque.
- Les anthocyanes, substances complexes **présentes dans les feuilles, pétales et fruits**, jouent un rôle important dans la **pollinisation**, dans la **dispersion des graines**, ainsi que dans la **protection des plantes** contre les agressions du milieu (froid, lumière, ravageurs, etc.).
- Les **tanins** sont également des substances complexes végétales utilisées comme moyen de défense chimique **contre les microbes pathogènes et les herbivores**.

Lexique

Anthocyanes : pigments des végétaux, constitués de molécules complexes (même si ce ne sont pas des macromolécules).

L'organisation fonctionnelle des plantes à fleurs

Révision EXPRESS

Le schéma à retenir

Nutrition d'une plante à fleurs

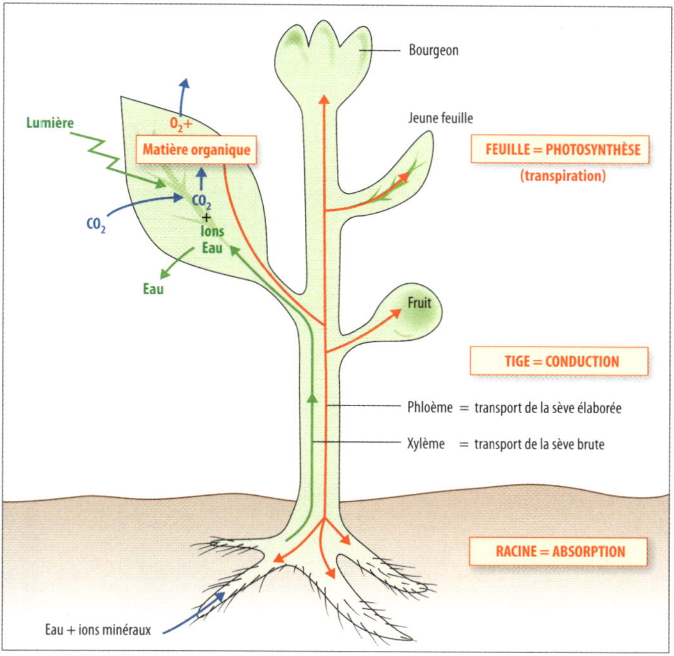

Les points essentiels

- La plante, fixée à l'interface sol-atmosphère, réalise des **échanges** avec son milieu grâce à des cellules particulières : **stomates** dans les feuilles et **poils absorbants** dans les racines.
- À l'intérieur de la plante, l'eau et les sels minéraux circulent sous forme de **sève brute** dans des cellules transformées et assemblées en vaisseaux de **xylème**.
- La **sève élaborée** enrichie en matière organique est transportée par les tubes criblés du **phloème**.

L'organisation fonctionnelle des plantes à fleurs

- Le développement de la plante associe **croissance** (par multiplication, puis élongation) et **différenciation** d'organes (tige feuillée, racines, fleurs) à partir de **méristèmes**.
- Ainsi, la plante se construit par une succession de **phytomères**, dont l'organisation est contrôlée par des **hormones végétales** et influencée par les conditions du milieu.
- Grâce à l'énergie lumineuse captée par les feuilles, les **cellules chlorophylliennes** synthétisent de la matière organique à partir de la matière minérale prélevée dans l'air et le sol. C'est la **photosynthèse**.
- Les molécules issues de la photosynthèse sont utilisées directement ou après avoir été transformées pour fabriquer les **constituants cellulaires**.
- Ainsi, les molécules simples comme le **glucose** sont polymérisées en macromolécules (amidon ou cellulose). Une partie de ces molécules est mise en **réserve** pour être utilisée selon les besoins de la plante.

Quiz

1. La sève brute est constituée d'eau et de matière organique.

❏ Vrai ❏ Faux

2. Un méristème est composé de cellules totipotentes.

❏ Vrai ❏ Faux

3. La photosynthèse comporte une phase d'oxydation du CO_2.

❏ Vrai ❏ Faux

4. L'absorption de l'eau et de sels minéraux s'effectue par l'intermédiaire du xylème.

❏ Vrai ❏ Faux

5. Le port d'un végétal est influencé par son environnement.

❏ Vrai ❏ Faux

Réponses : 1. Faux. **2.** Vrai. **3.** Faux. **4.** Faux. **5.** Vrai.

Reproduction asexuée, totipotence et clonage

25

☐ Lue ☐ Relue ☐ Acquise

La reproduction asexuée des plantes repose sur la totipotence des cellules végétales et les capacités de croissance indéfinie des plantes à partir de n'importe quel fragment végétal.

1 Une production de clones

A Les modalités de reproduction asexuée

- Dans les conditions naturelles, un **fragment** de plante est capable de **former par lui-même une plante entière** avec tous ses organes.
- Les cellules du fragment se sont d'abord dédifférenciées (elles sont redevenues des cellules méristématiques), puis **multipliées avant de se différencier** à nouveau en autant de types cellulaires qu'en contient une plante.
- Ainsi, la reproduction asexuée ou « **multiplication végétative** » produit par la **mitose** des **individus génétiquement identiques**. Cela peut être un avantage pour une population lorsque le milieu lui est favorable. Par ailleurs, elle produit massivement des individus qui, en concurrence avec d'autres espèces, peuvent **envahir** et **exploiter** leur milieu.
- Par contre, la multiplication végétative ne permet **pas de brassage génétique**. Les individus formés constituent un **clone**, et si l'un d'eux, par exemple, se révèle sensible à un parasite, les autres le seront aussi avec le risque d'une élimination totale de la population.

Lexique

Dédifférenciée (cellule) : cellule ayant perdu ses caractères particuliers permettant d'assurer une fonction.

B Des organes spécialisés

- La reproduction sexuée peut se produire à partir d'organes de la plante, spécialisés.
- Parmi ceux-ci, les **stolons** (fraisier) sont des **tiges rampantes terminées par un bourgeon** capable de s'enraciner et de produire un nouveau pied qui finira par s'isoler de la plante mère.
- Les **rhizomes** sont des **tiges souterraines horizontales** qui produisent régulièrement des parties aériennes (muguet).
- Les **tubercules** (pomme de terre) sont des **tiges souterraines** transformées, remplies de **réserves**. Après l'hiver, les bourgeons qu'ils portent germent et donnent de nouveaux individus.

2 L'utilisation de la reproduction asexuée par l'Homme

- L'Homme utilise la reproduction asexuée par des techniques traditionnelles (comme le **bouturage**) ou modernes (comme la **culture *in vitro***).
- Le bouturage consiste à produire un nouvel individu à partir d'un organe ou d'un fragment d'organe isolé. Il permet de **produire de nombreuses plantes à partir d'un seul fragment**.

Doc. La culture *in vitro* des plantes

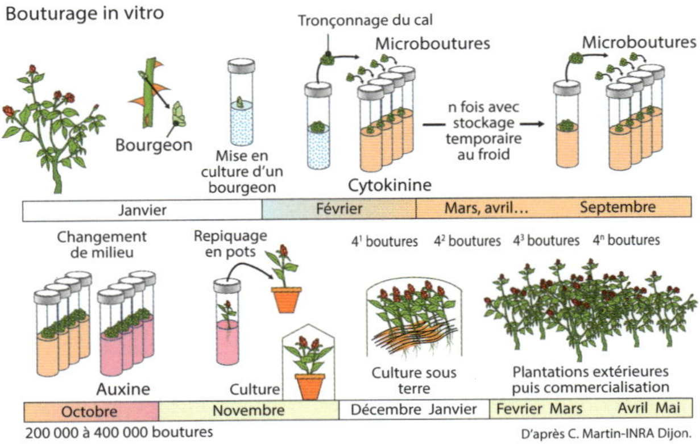

D'après C. Martin-INRA Dijon.

- La culture *in vitro* permet de produire **une plante entière à partir de cellules** ou de tissus placés **sur un milieu nutritif**. En laboratoire (pour les premières étapes), les conditions stériles et la **maîtrise des facteurs du milieu** permettent d'optimiser la production. Par ailleurs, l'ajout d'**hormones végétales** favorise la formation des organes et le développement de la plante.
- Ces techniques permettent de produire des individus aux **propriétés identiques, en plus grandes quantités**.

Remarque

La culture *in vitro* permet de régénérer des plantes saines à partir de fragments de plantes infectées par un virus. En 1954, la variété de pomme de terre « Belle de Fontenay » fut ainsi sauvée.

La fleur et la fécondation

26

Lue Relue Acquise

La reproduction sexuée est assurée par la fleur, qui porte les organes reproducteurs de la plante. Elle est le siège de la fécondation.

1 La production et le rapprochement des gamètes

- La **fleur** constitue l'**appareil reproducteur** des angiospermes. Elle est formée de **pièces florales organisées en verticilles** (couronnes) emboîtés les uns dans les autres. De l'extérieur vers l'intérieur, on trouve : les **sépales**, les **pétales**, les **étamines** et le **pistil**. Sépales et pétales sont des pièces protectrices stériles.
- À l'extrémité des étamines, les grains de **pollen** renferment les **gamètes mâles**.
- L'organe sexuel **femelle** ou « **pistil** » est constitué de l'**ovaire** qui renferme les **ovules** contenant les gamètes femelles. Il se prolonge par un filament, le **style**, dont l'extrémité ou « **stigmate** » capte les grains de pollen.
- Le plus souvent, une même fleur porte des organes mâles et des organes femelles.

Lexique

Angiospermes : groupe de plantes dont les ovules sont contenus dans des ovaires et dont les organes reproducteurs sont condensés en une fleur.

Étamine : organe reproducteur mâle qui porte les grains de pollen.

Pistil : organe reproducteur femelle qui porte l'ovaire.

Doc. **L'organisation de la fleur**

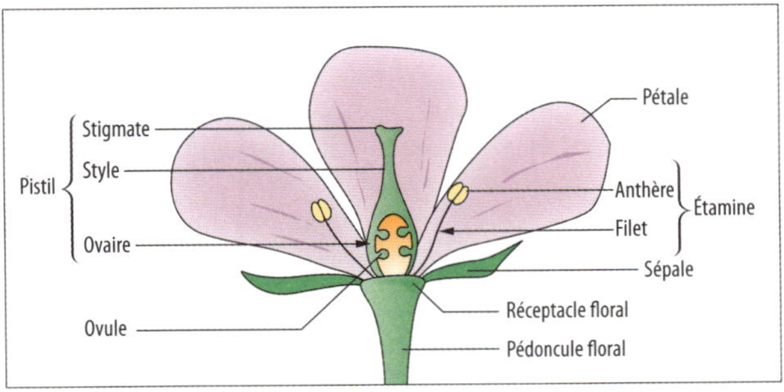

- Une fois sur le stigmate, le grain de pollen émet un **tube pollinique** qui croît jusqu'à l'ovule. Il libère alors un gamète mâle qui emprunte ce tube pour féconder le gamète femelle de l'ovule et former une cellule-œuf.

Doc. **La croissance du tube pollinique et la fécondation**

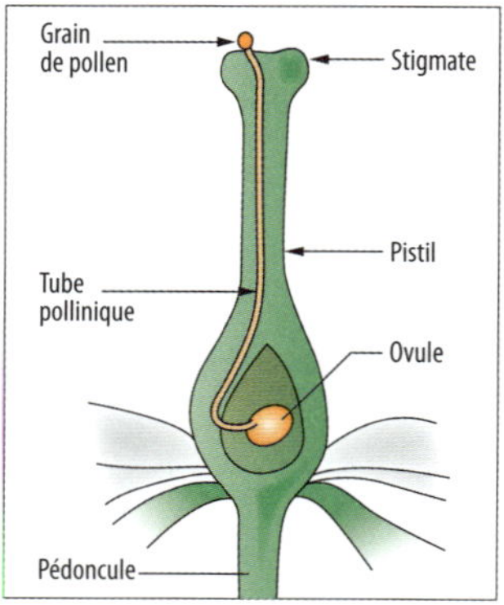

Remarque

Le grain de pollen renferme un second gamète qui participe à la formation d'un tissu de réserve.

- Après la fécondation, le pistil de la fleur se transforme. **L'ovule** fécondé devient une **graine**, tandis que **l'ovaire** qui l'entourait devient le **fruit**. La graine contient un **embryon et des réserves**.

2 L'autofécondation et la fécondation croisée

- Les plantes portent le plus souvent des **fleurs hermaphrodites** et, selon les espèces, les angiospermes pratiquent la **fécondation croisée** ou « l'autofécondation ».
- Les espèces chez qui la fleur ne s'ouvre pas ou peu pratiquent l'autofécondation, comme c'est souvent le cas chez celles pour lesquelles les stigmates sont en contact direct avec les étamines.
- Mais la fécondation croisée est la plus répandue. Un **décalage dans la période de maturité** des gamètes mâles et des gamètes femelles ou des **caractères anatomiques** peuvent rendre incompatibles la rencontre des gamètes d'une même fleur. Il peut aussi exister des **incompatibilités génétiques** entre gamètes mâles et gamètes femelles.
- Cette fécondation croisée **favorise le brassage génétique** mais rend **nécessaire** le **transport du grain de pollen** d'une fleur à l'autre.

Lexique

Hermaphrodite : qui présente à la fois des organes reproducteurs mâle et femelle.

Fécondation croisée : fécondation nécessitant l'intervention de deux partenaires.

La pollinisation 27

Lue Relue Acquise

La dispersion du pollen nécessite le plus souvent une relation étroite et ancienne entre la plante et un animal jouant le rôle de vecteur.

1 Le transport du pollen

Lexique

Pollinisation : transport des grains de pollen depuis les étamines vers les stigmates.

Nectar : liquide sucré produit par la fleur.

- Le **mode de vie dite « fixée »** de la plante empêche les partenaires sexuels de se rapprocher pour réunir leurs gamètes. Or, la majorité des plantes à fleurs pratiquent la **fécondation croisée**. Un transport du pollen de l'étamine d'une première fleur jusqu'à l'extrémité du pistil d'une seconde fleur est donc nécessaire : c'est la pollinisation.
- Ce transport peut être assuré par le **vent** ou l'eau mais le plus souvent, il fait intervenir des **animaux pollinisateurs**, surtout des **insectes**. Ces derniers sont attirés par la fleur grâce à ses couleurs, sa forme, ses substances odorantes et par la possibilité de se nourrir du nectar qu'elle produit.

Doc. **Un insecte se chargeant de pollen**

© Sean And Sun/Adobe Stock Photo

- Le nectar, riche en glucose, est sécrété par des **glandes enfouies** dans la fleur. Pour l'atteindre, l'insecte se frotte contre les étamines et accroche des grains de pollen. En butinant, il les transporte de fleurs en fleurs.
- Différents dispositifs favorisent la pollinisation par les insectes. Les grains de pollen sont **plus gros** que ceux dispersés par le vent et ornés de **crochets**. Les glandes à nectar enfouies au fond de la fleur **obligent l'insecte à entrer en contact avec les étamines**. Chez la sauge, en s'enfonçant dans la fleur, l'insecte déclenche un **mécanisme qui projette l'étamine** sur son corps.

2 Une coévolution

● Les plantes ont développé des caractéristiques pour attirer les animaux : production de **nectar, pétales colorés, parfum** émis par la fleur. Les insectes ont **développé des adaptations morphologiques** pour atteindre et prélever le nectar et faciliter la pollinisation.

● L'animal pollinisateur et sa fleur sont souvent **liés l'un à l'autre** de façon spécifique, et tous deux présentent des caractères morphologiques particuliers. L'insecte possède, par exemple, une trompe pour aspirer le nectar. La forme et les dimensions de la fleur peuvent autoriser une seule espèce d'insecte à atteindre le pollen et/ou le nectar.

Doc. Insecte mâle de l'espèce *Megapalpus capensis* visitant une fleur de la variété Spring

● Sur cette fleur, les taches sombres des pétales ressemblent par leurs couleurs et leur forme à l'insecte. En imitant les femelles, elles attirent les mâles et déclenchent un comportement d'accouplement.

Remarque
Ces transformations sont dues à des mutations, apparues au hasard et par la suite sélectionnées.

● Cette relation s'explique par une **évolution conjointe de l'insecte et de la plante** : chaque espèce exerce une influence sur l'autre en **renforçant l'avantage sélectif** des adaptations développées. On parle de **coévolution** pour ces transformations qui se produisent simultanément chez deux espèces du fait de leur **pression de sélection réciproque**.

La dispersion et la germination des graines

28

Lue Relue Acquise

La dispersion et la germination des graines permettent aux plantes de peupler de nouveaux milieux.

1 La dispersion des graines

- Les plantes ont développé des mécanismes de dispersion des graines qui **limitent la compétition entre générations.** En effet, celle-ci se produirait si les graines se développaient au même endroit, comme le mode de vie fixée des plantes a tendance à l'imposer. Ainsi, la dispersion des graines favorise la **colonisation** de nouveaux milieux.

> **Lexique**
> Dispersion (des graines) : transport permettant le peuplement de nouveaux milieux.

- Les principaux **vecteurs** de dispersion sont **l'eau**, le **vent** et les **animaux.** Selon son mode de dispersion, la graine présente des **caractéristiques de structure** qui favorisent son transport.
- Les graines dispersées par l'**eau** flottent (noix de coco). Celles dispersées par le **vent** (90 % des espèces végétales) sont **légères** et dotées de **dispositifs augmentant leur portance** : poils (aigrettes du pissenlit), ailes membraneuses comme les samares de l'érable ou du frêne.

> **Lexique**
> Samare : fruit sec comportant une seule graine et muni d'une aile membraneuse.

- Les graines dispersées par les **animaux** sont munies de **dispositifs d'accrochage** aux poils ou aux plumes : des crochets ou des aiguillons.
- Elles sont aussi **ingérées** lors de la consommation du fruit mais indigestes ; elles sont rejetées avec les excréments, parfois à des dizaines de kilomètres.
- Enfin, après avoir été prélevées, les graines sont mises en réserve dans des abris par d'autres animaux et germeront avant d'avoir été consommées.

2 La graine, à l'origine d'une nouvelle plante

- La graine contient l'embryon d'une future plante, protégé grâce à des enveloppes résistantes. L'embryon est en vie ralentie, son métabolisme est nul.

La dispersion et la germination des graines

- Lorsque les conditions redeviennent favorables, et souvent après une période nécessaire de dormance, l'embryon sort de la vie ralentie. C'est la **germination**.
- Les grains de blé contiennent des réserves d'amidon accumulées dans un tissu spécifique : l'albumen. **Une hormone produite par l'embryon déclenche la production d'une enzyme** qui lui permettra de mobiliser les réserves contenues dans la graine au cours de la germination.

Lexique

Dormance : inactivité biologique durant laquelle la croissance est stoppée. Elle évite à la graine de germer au cours de l'hiver, dans des conditions défavorables.

Doc. Une expérience réalisée sur des grains de blé germés

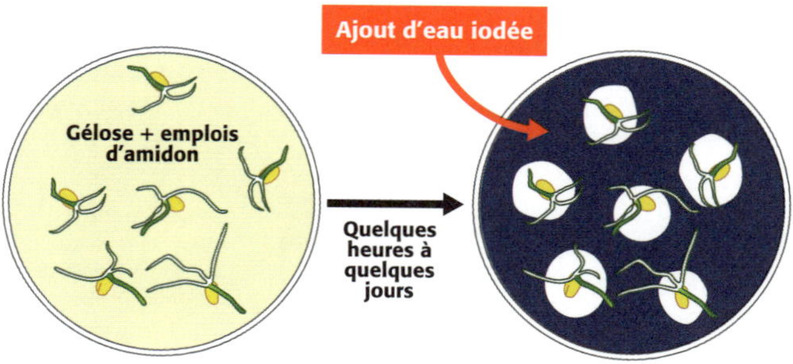

- La coloration **bleue** en présence **d'eau iodée** témoigne de la **présence d'amidon**. Autour des grains de blés germés, la gélose n'est plus colorée : il n'y a plus d'amidon. Il a été transformé (**hydrolysé**) par l'intermédiaire d'une substance soluble, capable de diffuser sur la gélose : il s'agit d'une **enzyme**.
- Ainsi, en **puisant dans les réserves** contenues dans la graine, une racine, puis une tige se forment et grandissent.
- Lorsque la jeune plante atteint une taille suffisante et que la tige produit des **feuilles chlorophylliennes**, la **photosynthèse** démarre. La plante est devenue **autonome**.

Remarque

Au contact de grains non germés, la gélose est uniformément colorée en bleu en présence d'eau iodée : c'est seulement lorsque la germination débute que le grain de blé produit une enzyme capable de digérer l'amidon.

La reproduction des plantes

Révision EXPRESS

Le schéma à retenir

De la fleur au fruit

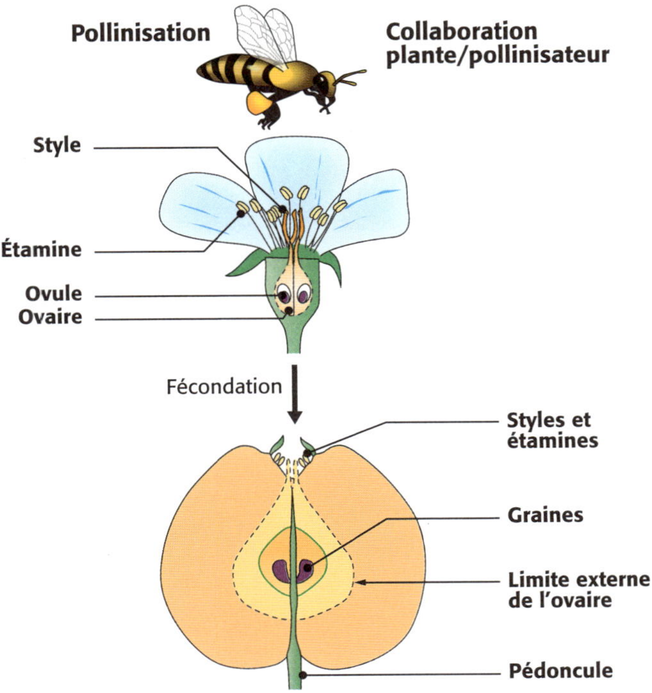

Les points essentiels

- Chez les plantes, la **reproduction asexuée** repose sur une capacité de croissance indéfinie à partir d'un fragment végétal dont les cellules sont **totipotentes.**
- La **reproduction sexuée** est assurée chez les **angiospermes** par la **fleur.**

Révision EXPRESS

La reproduction des plantes

- Les gamètes femelles se trouvent dans les **ovules** au sein de **l'ovaire** à l'intérieur du **pistil**, tandis que les gamètes **mâles** sont contenus dans le **pollen** portés par les **étamines**.
- La **pollinisation**, le plus souvent assurée par des insectes, permet le rapprochement des gamètes.
- Après la **fécondation**, l'**ovule** se transforme en **graine** et l'**ovaire** en **fruit**.
- La graine contient **l'embryon** d'une future plante qu'elle protège, puis nourrit lors de la **germination** grâce à des molécules de **réserves** accumulées.
- Les graines présentent des caractéristiques différentes selon leur mode de **dispersion** (par l'eau, le vent ou les animaux).
- La **pollinisation** et la **dispersion** des graines reposent sur une **collaboration** plante-animal qui est le fruit d'une **coévolution**.

Quiz

1. Le pistil est formé de l'ovaire et du style.

❑ Vrai ❑ Faux

2. Lors de la fécondation, l'ovule se transforme en graine.

❑ Vrai ❑ Faux

3. Les insectes pollinisateurs assurent la dispersion des graines.

❑ Vrai ❑ Faux

4. Le bouturage est une forme de reproduction asexuée.

❑ Vrai ❑ Faux

5. La fécondation croisée implique une mobilité des graines.

❑ Vrai ❑ Faux

Réponses : 1. Vrai. **2.** Vrai. **3.** Faux. **4.** Vrai. **5.** Faux.

De la plante sauvage à la plante cultivée

29

Lue Relue Apprise

Les plantes cultivées sont issues des plantes sauvages et pourtant leurs caractères sont différents. Elles sont en effet le résultat d'une sélection dirigée par l'Homme.

1 La plante cultivée, des caractères particuliers

- Les plantes cultivées sont utilisées dans l'alimentation humaine mais aussi dans de nombreux domaines (médecine, énergie, habillement). Elles proviennent de la transformation de plantes sauvages.
- **La domestication des plantes** s'est déroulée tandis que l'Homme, jusqu'alors chasseur-cueilleur, se sédentarisait.
- **Les plantes cultivées présentent des caractères favorables à la culture et à la récolte,** absents chez la plante d'origine :
  - maturation simultanée des grains ;
  - perte de la **capacité d'égrenage** ;
  - germination des grains simultanée.
- **Les plantes cultivées présentent des caractères favorables à la consommation,** par exemple chez les céréales une masse de l'épi et des grains supérieure à celle des plantes sauvages.
- **Toutes ces caractéristiques favorisent la culture de la plante** mais la rendent incapable de pousser seule dans la nature. Les plantes cultivées nécessitent un entretien régulier : irrigation, désherbage, lutte contre les **ravageurs des cultures**.

Lexique

Domestication des plantes : passage de l'état sauvage à cultivé.

Égrenage : capacité des grains à se détacher seuls de l'épi.

2 Le résultat d'une sélection

- Les plantes cultivées sont le **résultat d'une sélection humaine**. Elles possèdent chacune un « ancêtre » sauvage présent dans les écosystèmes non modifiés par l'Homme.
- **Cette sélection a d'abord été empirique** : à chaque récolte, les grains aux caractères les plus favorables (taille, égrenage...) étaient conservés puis semés à la saison suivante.
- **La mise en culture des plantes a aussi favorisé leur transformation.** Dans un champ, en raison de la forte densité de végétaux, la compétition est stimulée, ce qui sélectionne les individus les plus vigoureux. Le caractère est renforcé de génération en génération.
- Dans un champ de céréales, seuls les grains ayant perdu leur capacité d'égrenage peuvent être récoltés, les autres étant déjà tombés. Ce caractère est donc sélectionné pour la culture de ces plantes.

Remarque

Si la transformation des plantes cultivées repose sur une sélection humaine, la sélection naturelle a aussi opéré.

● Tous ces caractères, déterminés génétiquement, sont transmis de génération en génération, et ceux favorables à la culture deviennent plus fréquents.

● La domestication d'une espèce sauvage se traduit donc par la combinaison de caractéristiques génétiquement favorables pour la culture. Au total, la culture **transforme et homogénéise la variété cultivée**.

Doc. De la téosinte au maïs actuel

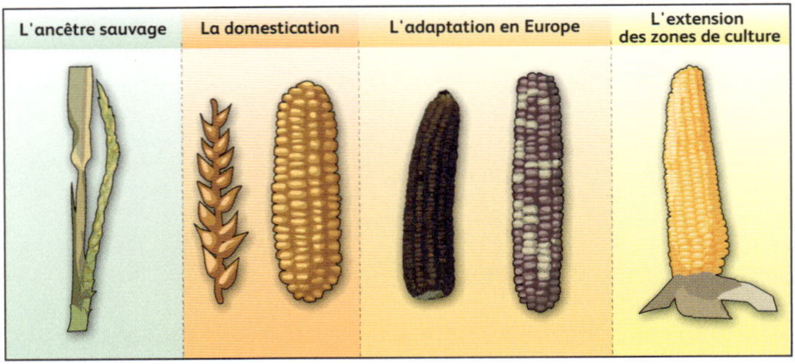

3 Un accroissement de la biodiversité

● Les variétés représentent les différentes formes d'une même espèce présentant des caractéristiques sélectionnées par l'Homme. À l'intérieur d'une même espèce, il existe une grande diversité variétale.

● D'un endroit à l'autre, les conditions de culture particulières (climat, sol, eau...) ont exercé une **pression de sélection différente**, ce qui a favorisé **l'émergence de nouvelles variétés**.

● **Les critères de sélection** ont aussi été différents, répondant aux besoins particuliers des populations, comme le montre l'exemple du maïs.

● Les nombreuses variétés de maïs cultivées sur tous les continents se distinguent par leurs **conditions de culture** : résistance à la sécheresse, au froid, aux ravageurs, productivité, précocité de la récolte...

● **Ces variétés répondent aussi à des besoins différents** : nutrition humaine ou animale, transformation de l'amidon par l'industrie agroalimentaire, chimique, biocarburants...

● **Des variétés différentes ont été sélectionnées pour l'alimentation** : maïs doux avec une teneur élevée en sucre, au grain tendre ou dur (pop-corn), riche en acides aminés essentiels... Toutes ces variétés sont pourtant **issues d'une même plante sauvage, la téosinte.** L'Homme a accru, par sa maîtrise de la culture, la **biodiversité**.

La sélection scientifique des plantes

30

Lue Relue Apprise

À côté d'une sélection empirique s'est développée une sélection basée sur des lois scientifiques, dans le même but : obtenir des plantes aux caractères avantageux.

1 Des connaissances nécessaires en génétique

- **La sélection scientifique** des plantes cultivées a progressé parallèlement aux **connaissances en biologie, et particulièrement en génétique.**
- **Les caractères sélectionnés** des plantes cultivées sont gouvernés par des gènes présents chacun sous forme d'**allèles, dominants ou récessifs.**
- Le caractère présent chez **la plante sauvage** dépend le plus souvent de **l'allèle dominant.** L'élimination des phénotypes non favorables à la culture modifie la fréquence des allèles au sein de la population.
- Lorsque des gènes sont liés, les allèles qui commandent les caractères recherchés sont transmis ensemble et le phénotype de la plante cultivée est conservé.

Remarque

Les gènes liés, présents sur les mêmes chromosomes, ont une **plus faible probabilité** de voir leurs **allèles recombinés** au cours de la méiose que des gènes indépendants, portés par des chromosomes différents.

2 L'hybridation et la production de nouvelles variétés

A La fécondation croisée

- Pour obtenir de nouveaux caractères, on pratique artificiellement des **fécondations croisées** entre individus appartenant à des variétés différentes.
- **Au cours d'une fécondation croisée,** les fleurs femelles d'un pied sont saupoudrées avec du pollen d'un autre pied. Ainsi, les descendants sont forcément issus du **croisement des deux variétés**. Ce sont des **hybrides**.
- Cette méthode, praticable en laboratoire, ne l'est plus à grande échelle. Dans le cas du **maïs** par exemple, un pied porte à la fois des fleurs mâles et femelles capables d'**autofécondation**, ce qui favorise la conservation des caractères parentaux. Pour éviter l'autofécondation, on produit des pieds de maïs dits « mâles stériles », sans fleurs mâles, dont on sème les graines en champ à côté de pieds normaux. **Le croisement donne des individus hybrides** dont les graines seront ensuite semées.

Remarque

Malgré la présence de fleurs mâles et femelles sur un même pied, chez beaucoup d'espèces (mais pas le maïs), des **mécanismes génétiques** empêchent l'autofécondation, ce qui favorise la diversité.

B Obtenir des variétés parentales pures

● **Les deux lignées parentales à l'origine d'une variété hybride sont homozygotes pour les caractères recherchés.** On les appelle aussi **lignées pures**.

● Pour obtenir des lignées pures, on réalise de **nombreuses autofécondations.** Seuls les descendants présentant les caractères d'intérêt sont à nouveau autofécondés. La répétition de cette démarche un grand nombre de fois aboutit à l'obtention d'individus **homozygotes** portant l'allèle recherché.

C Des plantes aux qualités nouvelles

Doc. Le croisement de deux variétés

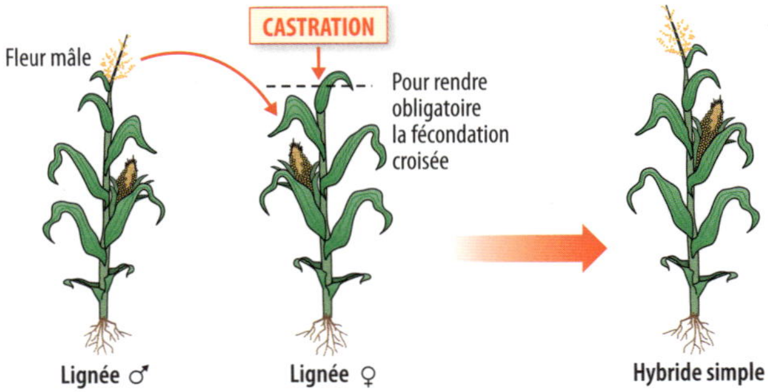

● À partir du croisement des deux variétés homozygotes différentes, on obtient des hybrides de première génération hétérozygotes. Mais cette première génération est homogène, exprimant les caractères dominants. **L'hybride** est une **nouvelle variété**, qui présente un **mélange des caractères parentaux**.

● Ses caractères sont souvent plus intéressants que ceux des parents. On parle alors de « **vigueur hybride** ».

● La méthode permet aussi de combiner les seuls caractères intéressants de chaque lignée. Ainsi, en France par exemple, l'hybridation a permis d'obtenir des **variétés de maïs résistantes aux basses températures**, ce qui a rendu possible leur implantation dans la moitié nord du pays. Il a fallu pour cela croiser une variété de montagne, résistante au froid mais peu productive, avec une variété cultivée existante, productive mais peu résistante au froid.

Lexique

Vigueur hybride : amélioration des caractères obtenus par le croisement entre deux lignées parentales homozygotes.

Des plantes transformées génétiquement

31

Lue Relue Apprise

Quelles que soient les techniques de domestication des plantes, elles entraînent toutes des transformations génétiques et des conséquences sur la biodiversité.

1 Le principe et l'intérêt de la transgenèse

- **La reproduction sexuée ne permet les échanges de gènes** qu'entre individus de la **même espèce ou d'espèces proches**.
- Pourtant, des caractères présents chez une espèce pourraient être utiles à la culture d'une autre espèce. **L'universalité de l'ADN permet de dépasser la barrière d'espèce**.
- En effet, le gène d'une espèce peut en théorie s'exprimer chez une autre espèce, même éloignée, car le code génétique est le même pour toutes les cellules.
- **La transgenèse consiste à prélever, insérer et faire s'exprimer le gène d'une espèce chez une autre espèce**. L'organisme receveur, dont le patrimoine génétique est modifié, est devenu un **OGM** (Organisme Génétiquement Modifié).

Remarque

Avec la transgenèse, seul un ou quelques gènes sont transférés, et non pas la totalité du matériel génétique comme au cours de la reproduction sexuée.

- **Le nouveau génotype est transmissible à la descendance**. Par contre, contrairement à l'hybridation, il n'y a pas échange mais transfert à sens unique.
- La trangenèse permet de transférer un gène d'intérêt entre deux espèces éloignées, y compris entre un procaryote (bactérie) et un eucaryote.
- **La pyrale**, par exemple, est un insecte ravageur dont la larve s'attaque au pied de maïs. Dans les conditions naturelles, la larve est détruite par une bactérie, *Bacillus thuringiensis*, qui sécrète une toxine pour l'insecte, la **protéine CRY**. L'insertion du gène de CRY dans les cellules du maïs peut les rendre résistantes à la pyrale.

2 Les étapes de la transgenèse

- La première étape de la transgenèse est **l'identification du gène d'intérêt** chez le donneur, par exemple *Bacillus thuringiensis*.
- Le gène d'intérêt (gène CRY dans l'exemple du maïs) est ensuite **extrait de l'ADN du donneur (bactérie) puis inséré** en même temps qu'un **gène marqueur** dans l'ADN du receveur.

Remarque

Le gène marqueur, un gène de résistance à un antibiotique par exemple, permet de repérer les cellules ayant incorporé le plasmide.

● **Plusieurs méthodes d'insertion** sont possibles : insertion par bombardement de billes de métal recouvertes d'ADN ou transfert par l'intermédiaire d'un fragment d'ADN bactérien, le plasmide, qui joue le rôle de vecteur.

● Les cellules receveuses sont **sélectionnées**, celles ayant reçu le gène d'intérêt sont identifiées par la présence du gène marqueur.

● Les cellules **mises en culture** en présence de nutriments et d'hormones de croissance se multiplient et se différencient pour former de nouvelles plantes par **multiplication végétative**.

Lexique

Multiplication végétative : production d'individus génétiquement identiques grâce à la division cellulaire.

3 Une évolution de la biodiversité

● Les espèces cultivées présentent souvent de nombreuses variétés, constituant ainsi une forme de biodiversité. Néanmoins, comme seuls les caractères jugés intéressants sont conservés dans les variétés cultivées, il en résulte un **appauvrissement global de la diversité allélique** de l'espèce. De plus, l'extension de la culture de variétés transformées favorise le **développement des maladies infectieuses** végétales.

Remarque

La perte de certaines caractéristiques des plantes sauvages (comme des défenses chimiques ou des capacités de dissémination) favorise le développement des maladies infectieuses végétales.

● Aussi, l'exploitation des ressources génétiques de variétés anciennes ou de variétés sauvages, si elles existent, tend à réintroduire dans les variétés cultivées des allèles d'intérêts, par exemple ceux de la résistance aux ravageurs. À cette fin, des **banques de semences** sont constituées et leurs ressources génétiques susceptibles d'être utilisées.

● Par ailleurs, la biodiversité des espèces cultivées a permis **la sélection de caractères chez les populations humaines.** Ainsi, la domestication des céréales a favorisé la duplication du gène de l'amylase salivaire, nécessaire à la digestion de l'amidon, abondant dans leurs grains. Les transformations génétiques observées sur les populations humaines résultent de la pression de sélection exercée par un environnement qu'elles ont elles-mêmes modifié.

La domestication des plantes

Révision EXPRESS

Le schéma à retenir

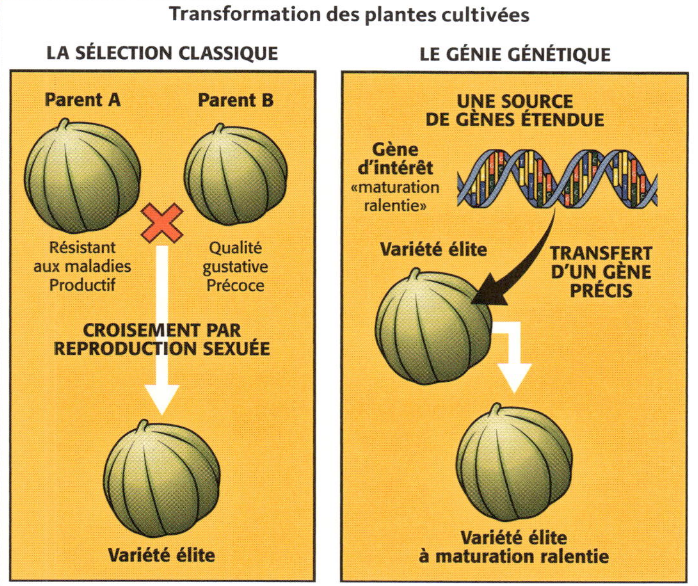

Les points essentiels

- Les **plantes cultivées** sont issues de la **sélection** de **plantes sauvages** qui ont été progressivement transformées. Leur culture nécessite **l'intervention de l'Homme**.
- La pratique d'une sélection au départ **empirique**, puis réalisée sur des bases **scientifiques** (la réalisation de **croisements**) a permis d'obtenir de **nouvelles variétés** aux caractéristiques intéressantes.
- Les **hybridations** contrôlées entre variétés différentes ont permis d'améliorer cette sélection.
- En permettant le **transfert de gènes** entre espèces différentes sans croisement, la **transgénèse** contribue à l'acquisition de nouveaux caractères chez les plantes cultivées.

La domestication des plantes

- Les différentes variétés d'une même espèce cultivée constituent une forme de **biodiversité**. Cependant, celle-ci s'est **appauvrie** au cours du temps en raison de la production en masse d'individus aux mêmes caractères avantageux.
- Aussi essaie-t-on aujourd'hui d'utiliser le patrimoine génétique de variétés anciennes pour accroître la biodiversité des variétés cultivées.
- La **domestication** des plantes cultivées, menées dans différentes régions du monde, a contribué à la **sélection de caractères humains** spécifiques.

Quiz

1. Un hybride est une plante dont la descendance est hétérogène.

❑ Vrai ❑ Faux

2. La diversité des plantes cultivées résulte de la sélection naturelle.

❑ Vrai ❑ Faux

3. La domestication des plantes a contribué à la sélection de caractères génétiques humains.

❑ Vrai ❑ Faux

4. La variété des plantes cultivées est une forme de biodiversité.

❑ Vrai ❑ Faux

5. Les caractères acquis par transgénèse ne sont pas transmissibles.

❑ Vrai ❑ Faux

Réponses : 1. Vrai. **2.** Faux. **3.** Vrai. **4.** Vrai. **5.** Faux.

Des périodes glaciaires et interglaciaires

32

Lue Relue Apprise

Le Quaternaire est marqué par une alternance de périodes glaciaires et de périodes interglaciaires.

1 La glaciation du Würm

- Plusieurs indices témoignent de l'existence d'une **période glaciaire** (glaciation du Würm) entre - 120 000 et - 11 000 ans.
- Un **glacier** qui prend naissance au pôle Nord recouvre alors **toute l'Europe du Nord** jusqu'en Angleterre et en Allemagne. Sa progression peut être reconstituée par les **traces laissées sur son passage**. En effet, le déplacement des glaciers laisse des **stries** sur les roches. Ils arrachent des blocs de toutes tailles qui se déposent sur le front et les flancs du glacier et forment des moraines.

Lexique

Quaternaire : période débutée il y a 2,6 Ma et se poursuivant jusqu'à aujourd'hui.

Glaciation : période de refroidissement marquée par une extension des glaciers.

Moraine : amas de blocs rocheux de toutes tailles, transportés et déposés par les glaciers.

Doc. Un affleurement de moraines

© Jacob J. Gayer/National Geographic

- Enfin, les glaciers modèlent le relief en donnant aux vallées une forme en U caractéristique.
- Les peintures rupestres des Hommes préhistoriques témoignent par ailleurs de la présence d'une **faune adaptée au froid** (mammouths, rhinocéros laineux...) durant cette période.

- Les pollens, fossilisés dans les sols, indiquent que les zones non glacées étaient alors peuplées d'une végétation de type steppe et toundra.

2 Des variations climatiques périodiques

- À l'échelle du Quaternaire, plusieurs données font apparaître une **alternance de glaciations et de réchauffements** (périodes interglaciaires) avec une **périodicité proche de 100 000 ans**.
- Ainsi, il y a plus de 120 000 ans, le territoire français était couvert d'arbres à feuilles caduques et les reliefs élevés (Alpes...) peuplés de conifères. La faune était celle des **régions chaudes** (éléphants, hippopotames...), les glaciers restaient cantonnés aux hautes altitudes et le niveau des mers était semblable à celui d'aujourd'hui.
- De la limite du Würmien inférieur et moyen à la fin du Würmien supérieur (- 10 000 ans), les plantes herbacées ont dominé. Cela indique un **refroidissement** (voir la fiche 33).

Lexique

Peinture rupestre : qui a été réalisée sur les parois des grottes.

Steppe : formation végétale composée d'étendues herbeuses et dépourvues d'arbres.

Toundra : végétation basse, caractéristique des milieux autour des pôles.

Feuilles caduques : qui tombent chaque année à la même période, selon les espèces.

Doc. Le diagramme pollinique de la tourbière de la Grande Pile en Haute-Saône (d'après G. Woillard)

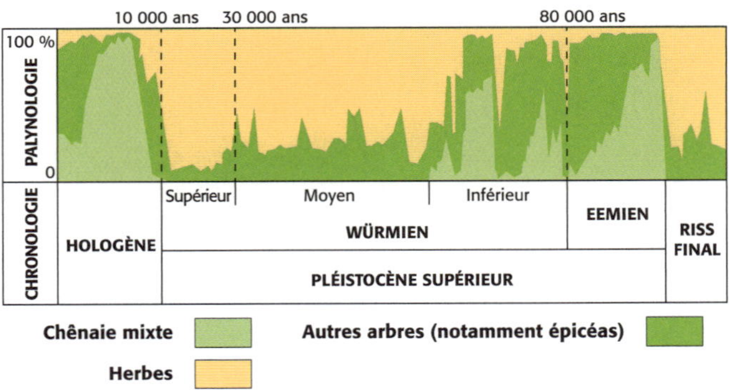

- Après la glaciation du Würm, l'Holocène (qui a débuté il y a 11 000 ans et se poursuit actuellement) correspond à une nouvelle période de **réchauffement** : la forêt est l'association végétale principale, le climat est tempéré.

Les marqueurs des paléotempératures

33

Lue Relue Apprise

Les variations climatiques du passé peuvent être reconstituées en utilisant des marqueurs comme les isotopes de l'oxygène ou les pollens fossilisés.

1 Les isotopes de l'oxygène

A Les glaciers : des archives du climat

- Les **calottes polaires** sont formées de couches de glace, épaisses de plus de 3 000 m. Les couches profondes sont **accessibles par forage ou carottage**.
- Les « carottes » ou cylindres de glace remontés présentent une **succession de couches** dont on peut reconstituer l'âge et la chronologie de dépôt. En Antarctique, les plus profonds dépôts sont datés de 800 000 ans.
- L'analyse des **molécules d'eau** de la glace fournit alors des informations sur la **température** et les conditions climatiques à un moment donné.

B Un thermomètre isotopique

- L'oxygène existe sous **deux formes isotopiques** stables : l'^{18}O (0,2 % sur Terre) et l'^{16}O (99,8 % sur Terre). Il existe une corrélation entre le rapport $^{18}O/^{16}O$ et la température moyenne annuelle. Ce rapport, après avoir été corrigé en fonction d'une valeur standard, est appelé « **delta ^{18}O** » et constitue un **thermomètre isotopique**.

Lexique

Thermomètre isotopique : outil de reconstitution des températures du passé à partir des rapports isotopiques de l'oxygène.

Doc. Le thermomètre isotopique de la glace

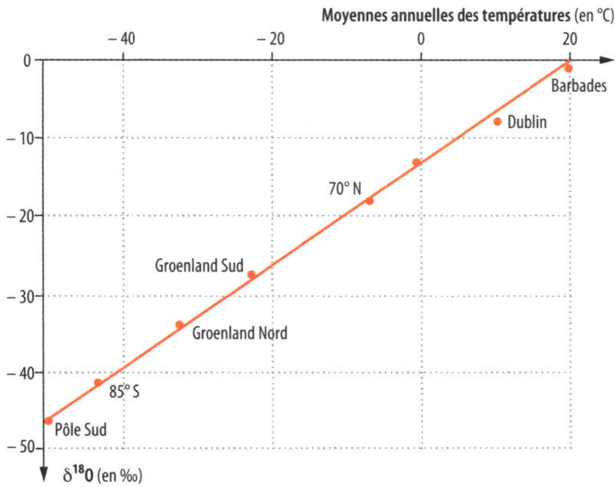

● En mesurant le $\delta^{18}O$ dans la glace des calottes polaires et en les datant, on peut reconstituer les températures du passé.

● L'analyse des variations du $\delta^{18}O$ montre qu'il y a eu, au cours des 700 000 dernières années, des **alternances de périodes froides** (périodes glaciaires) **et de réchauffement** (périodes interglaciaires).

Doc. Les variations du delta ^{18}O dans une carotte de glace en Antarctique

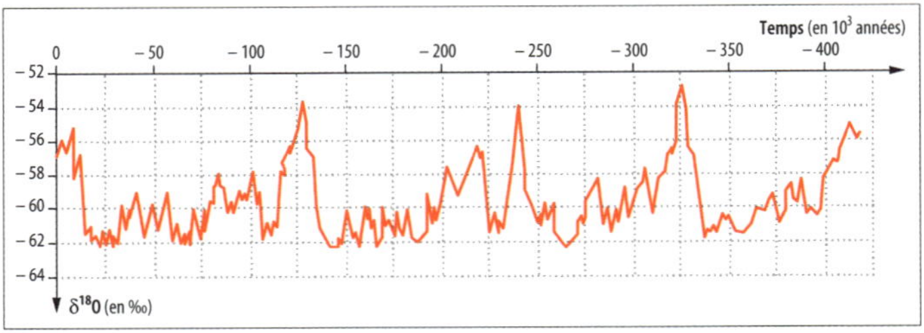

● Le $\delta^{18}O$ peut également être mesuré dans des **sédiments océaniques,** notamment dans ceux formés à partir du dépôt de coquilles calcaires d'organismes marins. En revanche, le **$\delta^{18}O$ des sédiments océaniques varie bien avec la température**, mais **inversement** à celle-ci.

2 L'analyse des pollens

● Les végétaux ne fossilisent pas mais leurs grains de **pollen**, produits en **grand nombre** et entourés d'une **enveloppe résistante**, se conservent dans les sols anciens. De plus, leur **ornementation spécifique** permet de déterminer l'espèce à laquelle ils appartiennent. Ainsi, il est possible d'établir des **diagrammes polliniques** (voir la fiche 32).

Lexique

Diagramme pollinique : graphique illustrant l'abondance relative des espèces végétales au cours du temps.

● Les végétaux ont des **exigences climatiques spécifiques** (le chêne a besoin de plus de chaleur que le sapin, par exemple). Aussi, selon le **principe de l'actualisme**, la succession des pollens fossiles au cours du temps permet de reconstituer les paléoclimats.

● La prédominance des **arbres** par rapport aux plantes herbacées sous les latitudes moyennes de l'Europe témoigne ainsi de l'existence d'une période **interglaciaire**.

● À l'inverse, quand les **plantes herbacées** remplacent les arbres, cela indique le début d'une période **glaciaire**.

Les causes des variations climatiques du passé

34

Lue Relue Apprise

Les variations climatiques initiées par des facteurs astronomiques peuvent être amplifiées ou diminuées par des boucles de rétroactions.

1 Des variations de paramètres orbitaux

- La Terre effectue en un an une **révolution** autour du Soleil et une **rotation** sur elle-même en 24 heures selon un **axe incliné**. Trois paramètres orbitaux varient périodiquement selon des cycles décrits par Milutin Milankovitch entre 1920 et 1941.

– L'**excentricité** : le degré d'aplatissement de l'orbite elliptique varie selon une période d'environ 100 000 ans, modifiant ainsi la distance Terre-Soleil.

– L'**obliquité** : l'inclinaison de l'axe de rotation de la Terre varie selon une période de 40 000 ans et avec elle, les contrastes entre saisons.

– La **précession des équinoxes** : chaque année, l'équinoxe se produit plus tôt que celui de l'année précédente (avec une périodicité de 26 000 ans). La durée des saisons est alors modifiée.

Lexique

Excentricité : degré d'aplatissement de l'orbite terrestre.

Obliquité : inclinaison de l'axe de rotation de la Terre par rapport au plan de l'orbite.

Précession des équinoxes : changement de direction de l'axe de rotation de la Terre.

Doc. Variation de l'excentricité de l'orbite terrestre et de l'obliquité de la planète

Changement d'excentricité de l'orbite de la Terre

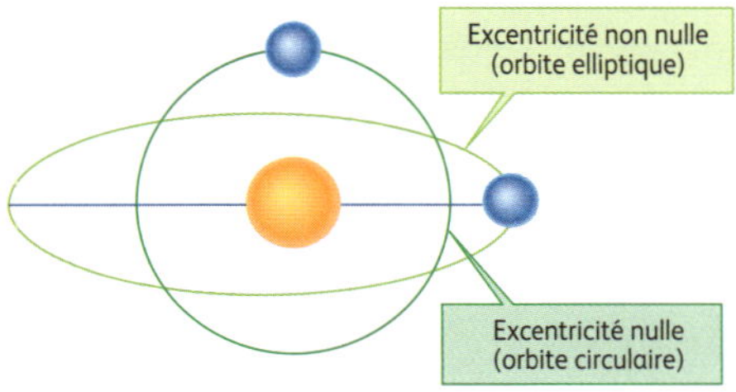

L'obliquité de la Terre et ses variations

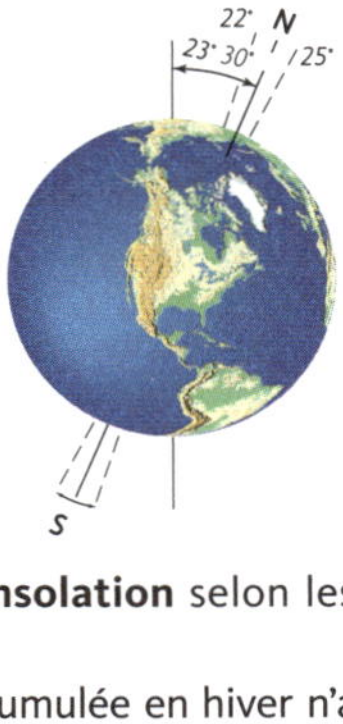

- Ces variations entraînent une **modification de l'insolation** selon les saisons.

Lors de faibles écarts entre l'hiver et l'été, la glace accumulée en hiver n'a pas le temps de fondre. Le climat se refroidit et une période glaciaire débute.

2 L'albédo et l'effet de serre

- Le Soleil est l'unique source d'énergie externe pour la Terre. Une partie du rayonnement solaire incident est **réfléchie** par la surface des nuages ou du sol. L'albédo est **d'autant plus élevé que que la surface est de couleur claire.**

Lexique

Albédo : rapport de l'énergie lumineuse réfléchie sur l'énergie lumineuse incidente.

- L'énergie réfléchie, renvoyée dans l'espace, ne participe pas au réchauffement de la Terre.
- Lors de sa traversée de l'atmosphère, le rayonnement solaire est en partie absorbé, et en partie diffusé par les particules en suspension.
- Arrivé à la surface de la Terre, une partie du rayonnement solaire est **absorbée**, puis est **réémise** sous une autre forme : le **rayonnement infrarouge**, invisible et **riche en énergie thermique**.
- Des gaz atmosphériques bloquent en partie la dispersion du rayonnement infrarouge vers l'espace, le piègent dans l'atmosphère et le renvoient vers la surface. **C'est l'effet de serre**. Ainsi, à un instant donné, la Terre reçoit à la fois l'énergie du rayonnement solaire et l'énergie thermique de l'effet de serre. Cet apport supplémentaire élève la température terrestre. Sans lui, elle serait de - 18 °C alors qu'elle est de 15 °C en moyenne.

3 Des rétroactions

- Une **diminution de la température** initiée par les paramètres orbitaux entraîne une **augmentation de la surface des glaciers.** L'albédo global de la Terre augmente alors, avec pour conséquence une **diminution de la température par** rétroaction positive.
- Quand la température diminue, **le CO_2 se dissout plus facilement** dans l'océan, sa teneur atmosphérique diminue et avec elle l'effet de serre, ce qui **amplifie encore la baisse de température** par rétroaction positive.

Lexique

Rétroaction positive : action en retour d'un effet sur sa propre cause, en l'amplifiant.

Rétroaction négative : action en retour d'un effet sur sa propre cause, en l'atténuant.

- En revanche, une élévation de température, en accentuant l'évaporation, élève la teneur atmosphérique en vapeur d'eau, avec formation de **nuages.**
- Ceux-ci, bien que participant à l'effet de serre, font globalement **perdre de l'énergie** à la Terre en **réfléchissant le rayonnent solaire.** Une augmentation de l'effet de serre pourrait être corrigée (en partie) par l'action des nuages : c'est une **rétroaction négative**.

Une baisse de température depuis la fin de l'ère secondaire 35

Lue Relue Apprise

Après les températures élevées enregistrées au Crétacé, différents indices montrent une tendance générale à la baisse de température moyenne du globe à partir du Cénozoïque.

1 Le Crétacé, une période chaude

- L'utilisation du thermomètre isotopique et la répartition des fossiles indiquent pour le Crétacé des températures au pôle Nord supérieures de 30 °C aux températures actuelles.
- Le Crétacé est sans doute l'**une des périodes les plus chaudes** de toute l'histoire de la Terre.

Remarque
Le Cénozoïque, également appelé « ère tertiaire » a débuté il y a 65 Ma et se poursuit actuellement.

- Au Crétacé, les continents sont **moins distribués vers les pôles** qu'aujourd'hui, ce qui **réduit la formation de glaciers** continentaux. Or, ces derniers, avec un **albédo élevé**, renvoient une grande quantité du rayonnement solaire incident et participent au refroidissement général de la Terre. Du fait de la réduction des glaciers continentaux, la Terre absorbe une plus grande quantité du rayonnement solaire incident et se réchauffe.
- L'élévation de la température entraîne une **élévation du niveau marin** et **réduit alors la surface des terres émergées.** Or, comme l'albédo de l'eau est inférieur à celui des continents, plus d'énergie est absorbée, plus la Terre a tendance à se réchauffer.
- De plus, la diminution des surfaces continentales offre moins de roches altérables, ce qui prélève moins de dioxyde de carbone dans l'atmosphère (voir la partie 2).
- L'**expansion océanique**, particulièrement importante à cette époque, est due à un intense **volcanisme** au niveau des dorsales, avec une **forte émission de CO_2**.
- **L'accentuation de l'effet de serre qui en résulte a entraîné une hausse de la température**, amplifiée par des rétroactions positives comme la **baisse de la solubilité du CO_2** dans l'océan.

Doc. **Variation de l'activité des dorsales océaniques depuis 150 Ma**

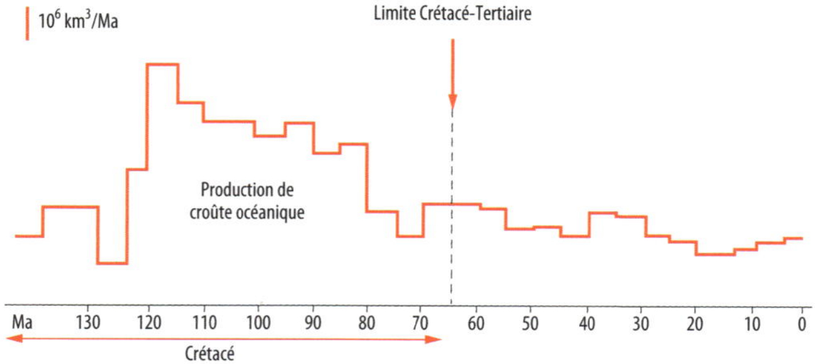

2 Un refroidissement au cours du Tertiaire

- Au début de l'ère tertiaire, la température a diminué. Ce phénomène s'explique d'abord par une **baisse de la concentration atmosphérique de CO_2** en relation avec l'**altération des matériaux continentaux**.
- En effet, le Cénozoïque est une période d'intense **orogénèse**, avec la formation de chaînes de montagnes comme les Alpes et l'Himalaya, puis de leur **érosion**.
- L'altération de minéraux comme les silicates ($CaSiO_3$) consomme du CO_2 selon la réaction ci-dessous.

$$CaSiO_3 + 2CO_2 + H_2O \rightarrow SiO_2 + Ca^{2+} + 2\,HCO_3^-$$

- D'autre part, des événements tectoniques ont modifié à cette époque la circulation océanique. Notamment, l'ouverture d'un passage entre l'Antarctique et l'Afrique du Sud (puis son élargissement) impose au courant d'eaux froides et profondes sortant de l'Atlantique de se diriger vers l'océan Indien et le Pacifique. L'établissement progressif d'un **courant circumpolaire** isole l'Antarctique et ses eaux périphériques froides du reste de l'océan mondial et participe à l'**extension des glaciers**. Des **rétroactions positives** ont ensuite accentué le refroidissement.

Lexique

Silicate : minéral formé à partir d'un motif élémentaire constitué de SiO_4. Parmi les silicates, on peut citer les quartz, les feldspaths, les pyroxènes et les olivines.

Circulation océanique : déplacement des masses d'eau à l'origine des courants. Ceux-ci dépendent des différences de température (donc de densité) et de salinité entre les eaux polaires et équatoriales.

La glaciation au Carbonifère-Permien

36

Lue Relue Apprise

Durant la période Carbonifère-Permien, la Terre est soumise à un refroidissement de longue durée et de grande ampleur aux causes variées.

1 Des traces dans les roches

- Durant la période Carbonifère-Permien (- 320 à - 280 Ma) la Terre subit un **refroidissement de longue durée** et de grande ampleur.
- La présence de tillites sur des continents aujourd'hui très éloignés (sud de l'Afrique, Amérique du Sud, Australie) atteste de l'extension d'un **ancien glacier recouvrant plusieurs continents** autrefois réunis.

Remarque

Les tillites sont des moraines consolidées.

- Les tillites se forment en effet à partir des moraines, des blocs rocheux de tailles diverses transportés par des glaciers.

Doc. Localisation de tillites et de charbons formés au Carbonifère-Permien (- 300 Ma)

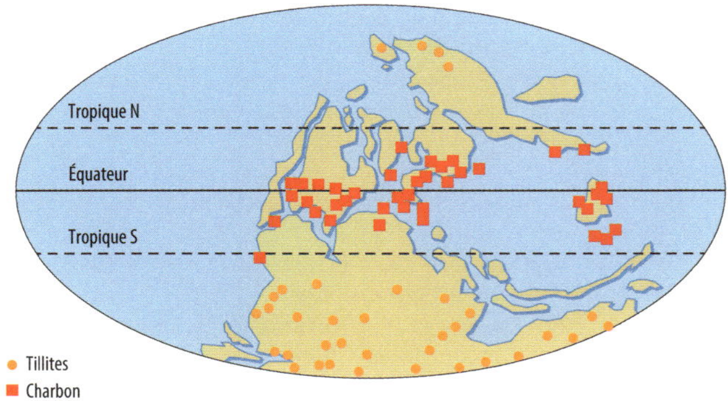

- L'étendue et la durée des dépôts glaciaires témoignent d'une glaciation de grande ampleur. Une **vaste calotte glaciaire recouvre alors tout le pôle Sud**.

2 Une baisse du taux de CO_2 atmosphérique au Carbonifère-Permien

● Différentes méthodes (analyse des paléosols, des fossiles ou des isotopes) indiquent que le taux de CO_2 atmosphérique a fortement diminué au Carbonifère-Permien, ce qui a provoqué une **diminution de l'effet de serre** et une **baisse de température**.

Lexique

Paléosol : sol ancien.

● Au Carbonifère, de **vastes forêts marécageuses** se développent dans les régions tropicales. Après leur mort, les végétaux sont enfouis dans des **sols dépourvus de dioxygène**.

● Dans les conditions ordinaires, la matière organique présente dans le sol est dégradée par des micro-organismes, notamment par la respiration. Elle est alors transformée en matière minérale, avec libération de CO_2. Le piégeage de la matière organique ne rend plus possible la respiration des micro-organismes. **La matière organique n'est plus entièrement dégradée et se transforme en charbon**, sans dégagement de dioxyde de carbone.

Lexique

Piégeage : enfouissement à l'abri de l'air.

● Ainsi, le dioxyde de carbone qui a participé à la fabrication de matière organique lors de la photosynthèse **n'est pas restitué à l'atmosphère**. Par conséquent, la teneur en dioxyde de carbone atmosphérique baisse au cours du temps.

● Par ailleurs, la formation d'une importante chaîne de montagnes lors de l'**orogénèse hercynienne** est suivie d'une intense **érosion**. Celle-ci résulte de l'**altération des minéraux** au cours de réactions chimiques qui **consomment du dioxyde de carbone** (voir la fiche 35).

● Enfin, l'extension des glaces polaires **augmente l'albédo global de la Terre** avec pour conséquence une diminution de la température par **rétroaction positive**. Plus celle-ci diminue et plus **le dioxyde de carbone se dissout dans l'océan**. La baisse du taux de dioxyde de carbone atmosphérique amplifie encore la baisse de température par une rétroaction positive.

● Ces paramètres concourent à faire du Carbonifère-Permien l'une des périodes glaciaires les plus longues de l'histoire de la Terre.

Les enjeux du réchauffement climatique actuel

37

Lue Relue Apprise

Pour contrer les conséquences du réchauffement climatique actuel, plusieurs actions peuvent être entreprises.

1 Des conséquences prévisibles

- Selon les modèles climatiques, le réchauffement climatique (près d'1°C en 150 ans), lié à la **perturbation du cycle géochimique du carbone par les activités humaine**s, devrait se poursuivre, avec plusieurs conséquences.
- Ses **effets abiotiques** (fonte des glaces, montée des eaux, désertification) modifient la biodiversité et ont des conséquences sur la population humaine et sa santé.

Lexique

Abiotique : de nature physique ou chimique.

Doc. **La variation de la superficie mondiale de la glace de mer en millions de km²**

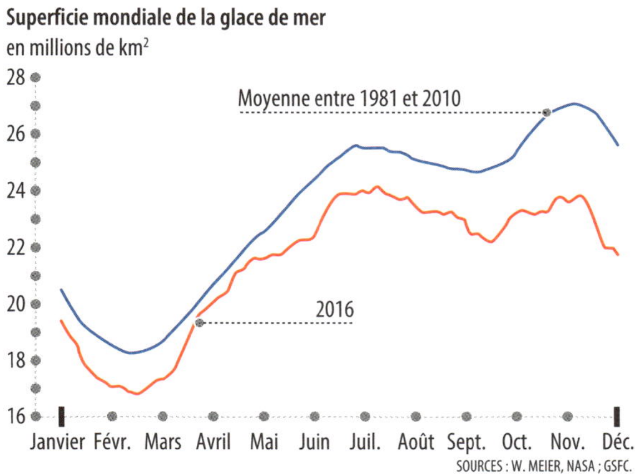

SOURCES : W. MEIER, NASA ; GSFC.

- Ainsi, la **réduction des terres agricoles**, tout comme les migrations de populations humaines suite à la désertification ou à la montée des eaux, sont des sources de conflits potentiels.
- **L'approvisionnement en eau** devenu difficile dans certaines régions du globe **pose des problèmes de santé et d'hygiène**, favorisant la **diffusion de pathogènes**.

Remarque

Les épisodes climatiques extrêmes participent à l'érosion des terres agricoles.

● Enfin, la **réduction de la biodiversité** s'accompagne de **bouleversements à l'intérieur des écosystèmes**, entraînant parfois le développement de certaines espèces invasives. Les équilibres naturels sont ainsi menacés.

Doc. La proportion des espèces selon leur niveau de vulnérabilité

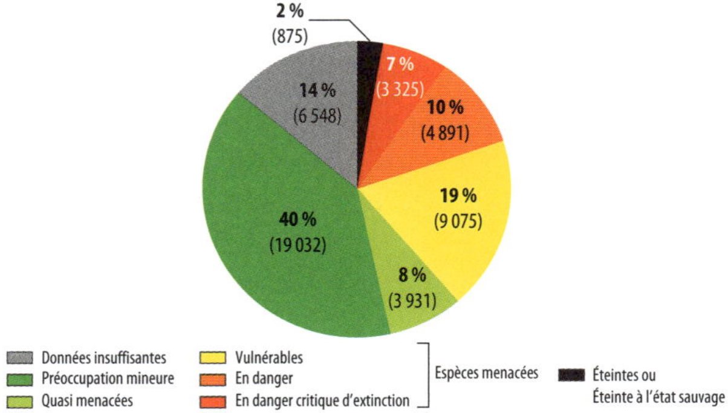

2 Des possibilités d'action

Remarque
Les bénéfices et inconvénients de méthodes de stockage du carbone sont à l'étude.

● L'augmentation de la teneur en CO_2 atmosphérique a des effets qui doivent être pris en compte **à long terme**. En effet, le dioxyde de carbone de l'atmosphère circule régulièrement entre différents **compartiments**, l'océan par exemple. Toutefois, si ce dernier est capable d'en absorber une partie, il faut **plusieurs siècles** pour qu'un excès de dioxyde de carbone atmosphérique soit réellement soustrait à l'atmosphère.

● L'objectif mis en avant par le **GIEC** (groupe d'experts intergouvernemental sur l'évolution du climat) est de **maintenir la hausse des températures mondiales en dessous de 1,5 °C d'ici la fin du siècle**.

● Pour cela, la **limitation des rejets de gaz à effet de serre** est la priorité développée pour lutter contre le réchauffement climatique. Cette politique passe par l'**abandon progressif de l'utilisation des hydrocarbures fossiles** remplacés par d'autres sources énergétiques et par la **mise en place d'économies** (développement de l'isolation, par exemple, pour limiter les pertes thermiques).

● Enfin, il conviendrait de **limiter le défrichement et le brûlage des forêts** pour réduire l'émission de gaz à effet de serre.

Les climats de la Terre

Révision EXPRESS

Le schéma à retenir

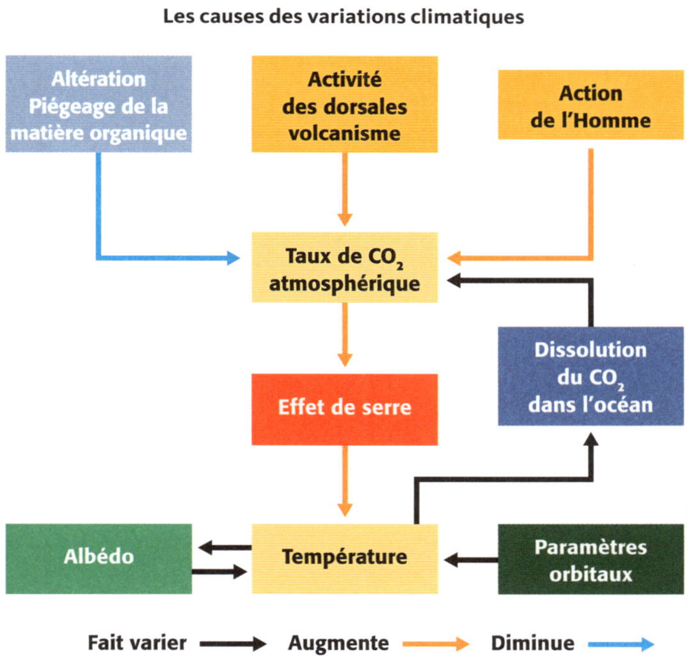

Les points essentiels

- La reconstitution des **paléoclimats** s'appuie sur des indices géologiques, paléo-écologiques ou encore la mesure de **rapports isotopiques de l'oxygène**.
- Ceux-ci témoignent de l'alternance de **périodes glaciaires et interglaciaires** durant le Quaternaire, avec une périodicité d'environ 100 000 ans.
- Ces variations périodiques coïncident avec celles des **paramètres orbitaux**, responsables de variations de la puissance solaire reçue.

- Les variations climatiques initiées par celles des paramètres orbitaux sont accentuées ou limitées par différents facteurs (albédo, solubilité du CO_2) responsables de **rétroactions positives ou négatives**.
- Au Carbonifère, une **baisse de la teneur en CO_2 atmosphérique** due à l'importante fossilisation de la matière organique et à l'altération de la chaîne hercynienne entraîne un **refroidissement durable**.
- Le **réchauffement** du Crétacé s'explique notamment par la forte **activité des dorsales** qui élève la teneur en CO_2.
- Ainsi, les variations climatiques s'observent à **différentes échelles de temps**.
- La connaissance des causes et des conséquences des variations du climat permet de construire des **modèles prévisionnels** et d'envisager des possibilités pour en **atténuer** les **effets négatifs** sur les populations humaines.

Quiz

1. L'altération des silicates libère du CO_2 dans l'atmosphère.

❑ Vrai ❑ Faux

2. Le piégeage de la matière organique peut influer sur le climat.

❑ Vrai ❑ Faux

3. Les variations des paramètres orbitaux modifient la puissance solaire reçue.

❑ Vrai ❑ Faux

4. Une diminution de l'albédo terrestre amplifie une baisse de température.

❑ Vrai ❑ Faux

5. Une augmentation de l'effet de serre est amplifiée par une diminution de la solubilité du CO_2 dans l'océan.

❑ Vrai ❑ Faux

Réponses : 1. Faux. **2.** Vrai. **3.** Vrai. **4.** Faux. **5.** Vrai.

Le réflexe myotatique, une commande réflexe du muscle 38

Lue Relue Apprise

Le déroulement du réflexe myotatique nécessite l'intervention des muscles mais aussi du système nerveux.

1 Une réponse réflexe à l'étirement

- Un coup sur le tendon d'Achille provoque l'extension du pied. C'est un **réflexe** achilléen, une réponse involontaire et stéréotypée (toujours la même), déclenchée par une stimulation.
- La percussion étire le tendon reliant le muscle extenseur du pied à l'os. En raison de son élasticité, le muscle étiré s'allonge légèrement puis, en réaction, se contracte : le pied se tend.
- Ce réflexe, qui tend à maintenir constante la longueur du muscle, est un **réflexe myotatique**.

Lexique

Réflexe : réaction involontaire, stéréotypée et prévisible.

Réflexe myotatique : contraction du muscle en réponse à son propre étirement.

Doc. Le réflexe achilléen

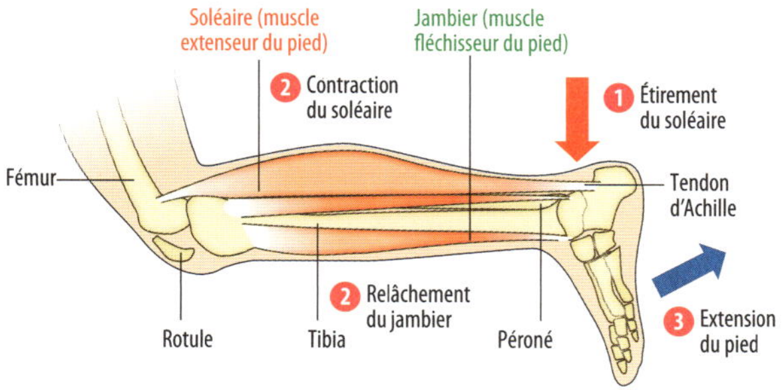

- Ce réflexe se déroule en permanence et maintient les muscles dans un état de **tension**, le **tonus musculaire**.

2 Les acteurs du réflexe

- La section des **nerfs** connectés aux muscles intervenant dans le réflexe myotatique entraîne la disparition de celui-ci. Ces nerfs sont reliés par ailleurs à la moelle épinière. Cet axe nerveux, situé à l'intérieur de la colonne vertébrale, rejoint l'encéphale par sa partie antérieure.
- En cas de lésion de la **moelle épinière** (dans la région contrôlant les muscles impliqués dans le réflexe), le réflexe myotatique disparaît aussi.
- La moelle épinière et les nerfs (éléments du système nerveux) sont donc impliqués dans le réflexe myotatique.

Remarque

Attention, seule une lésion locale du nerf ou de la moelle épinière entraîne la disparition du réflexe, ce qui indique un traitement local par le système nerveux.

Doc. **Coupe transversale de moelle épinière**

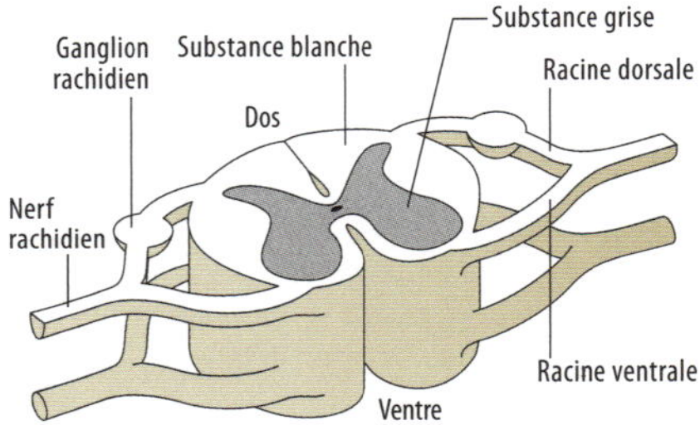

- La lésion des **fuseaux neuromusculaires** localisés à l'intérieur du muscle, empêche la contraction déclenchée lors d'un réflexe, mais n'empêche pas les mouvements volontaires. Ce sont des **capteurs ou récepteurs sensoriels** sensibles à l'étirement du muscle.

Doc. **Un fuseau neuromusculaire**

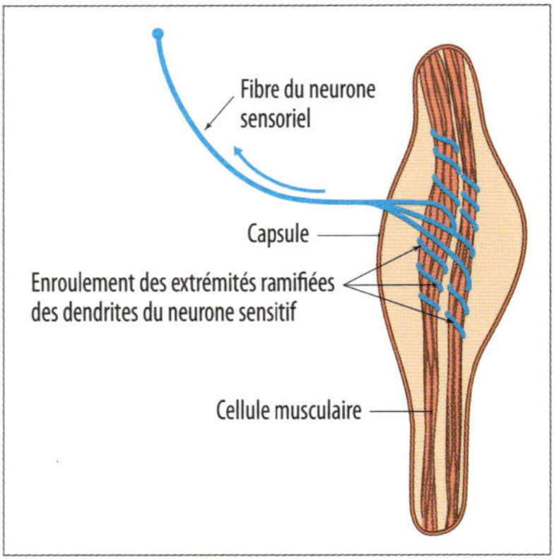

3 Réflexe et intégrité du système neuromusculaire

- La percussion du tendon, au niveau de la rotule, provoque l'extension de la jambe. C'est le réflexe rotulien, un autre exemple de réflexe myotatique.
- Dans certains cas, le réflexe est exacerbé, dans d'autres il est atténué ou même absent, ce qui indique un dysfonctionnement. Ainsi, ce réflexe constitue un outil de diagnostique permettant de vérifier l'intégrité du système neuromusculaire.

Le circuit de neurones du réflexe myotatique

39

Lue Relue Apprise

La réalisation du réflexe myotatique nécessite la propagation et la transmission du message nerveux le long des neurones.

1 Un arc réflexe

A La circulation d'un message nerveux

- Entre le moment de la stimulation et celui de la contraction musculaire, l'existence d'un délai de quelques millisecondes, **le temps de latence**, s'explique par le cheminement du message nerveux.
- La stimulation des fuseaux neuromusculaires, récepteurs sensoriels sensibles à l'étirement, déclenche la naissance d'un **message nerveux** à l'origine de la contraction d'un **organe effecteur**, le muscle. La mise en relation des différents organes, récepteurs sensoriels, centres nerveux, effecteurs constitue un **arc réflexe.**

B Une propagation le long des neurones

- Le message nerveux est véhiculé le long de cellules nerveuses ou **neurones**. Chacune est composée d'un **corps cellulaire,** contenant le noyau et les organites, et de prolongements cytoplasmiques : **l'axone** et les **dendrites** (fibres).
- Dans un neurone, le message est **recueilli par les dendrites** puis transmis au corps cellulaire. Il est ensuite **conduit par l'axone** vers une synapse.
- L'axone peut être entouré d'une substance isolante (la myéline) formant une gaine discontinue de couleur blanche.

Lexique

Synapse : zone de contact entre deux neurones ou entre un neurone et un muscle.

C Des fibres nerveuses associées en nerfs

- Plusieurs fibres nerveuses provenant de différents neurones sont regroupées et constituent un nerf. Les nerfs assurent la conduction du message nerveux dans l'organisme.
- Un nerf sensitif contient exclusivement des fibres provenant de neurones sensitifs tandis qu'un nerf moteur est constitué de fibres de motoneurones.
- Toutefois, dans la majorité des cas, un même nerf comporte à la fois des fibres motrices et sensitives, comme le nerf sciatique qui relie le muscle extenseur du pied à la moelle épinière.

Lexique

Nerf sensitif : nerf conduisant le message nerveux du récepteur sensoriel vers le centre nerveux.

Nerf moteur : nerf conduisant le message du centre nerveux vers le muscle.

2 Le trajet du message nerveux

A Des messages afférents et efférents

- Une section de la racine dorsale de la moelle épinière provoque une perte de la sensibilité mais conserve la motricité. C'est l'inverse en cas de section de la racine ventrale.
- Dans la **racine dorsale** circule un **message afférent** (vers la moelle) transmis par des **neurones sensitifs** et provenant des fuseaux neuromusculaires. Un **message efférent** (sortant de la moelle) emprunte la **racine ventrale** en direction du muscle pour déclencher sa contraction. Il est véhiculé par des neurones moteurs ou motoneurones.

Lexique
Motoneurone : neurone moteur qui commande la contraction du muscle.

B Des connexions dans la moelle épinière

- **Les neurones sensitifs et moteurs sont connectés** dans la substance grise de la moelle au niveau d'une **synapse.**
- Le circuit de neurones permettant la contraction du muscle extenseur comporte une seule synapse : c'est une boucle réflexe **monosynaptique.**

Doc. **La boucle monosynaptique du réflexe myotatique**

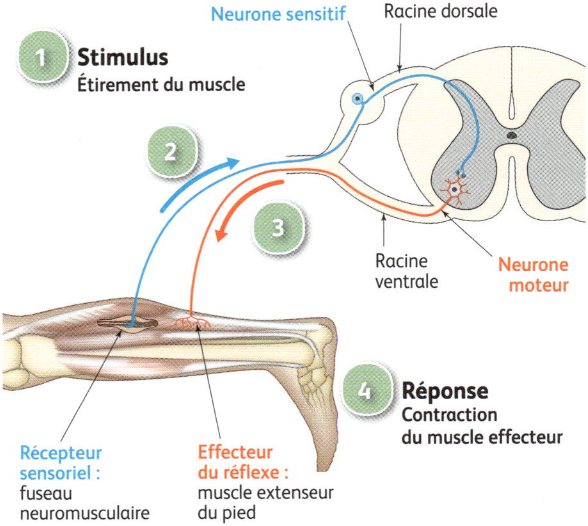

Les propriétés du message nerveux

40

Lue Relue Apprise

Les propriétés du message nerveux permettent la réalisation du réflexe myotatique.

1 Le potentiel d'action

A Le potentiel de membrane

- Au repos, la membrane plasmique du neurone comme celle de toute cellule est **électriquement polarisée.**
- La différence de potentiel électrique entre les deux faces de la membrane plasmique du neurone définit le **potentiel de membrane.** En absence de stimulation, il est de −70mV et correspond au **potentiel de repos**. La différence de potentiel enregistrée est due à une inégale répartition des ions entre les compartiments extra et intracellulaires.

B Une réponse à la stimulation, le potentiel d'action

- **La stimulation du neurone** modifie de façon transitoire le potentiel de repos et donne naissance à un potentiel d'action.
- Le potentiel d'action est constitué de plusieurs phases : une dépolarisation suivie d'une inversion du potentiel (le potentiel devient positif), puis une repolarisation de la membrane du neurone.

Lexique

Potentiel d'action : signal élémentaire du message nerveux capable de se propager le long d'une fibre.

Doc. Le potentiel d'action

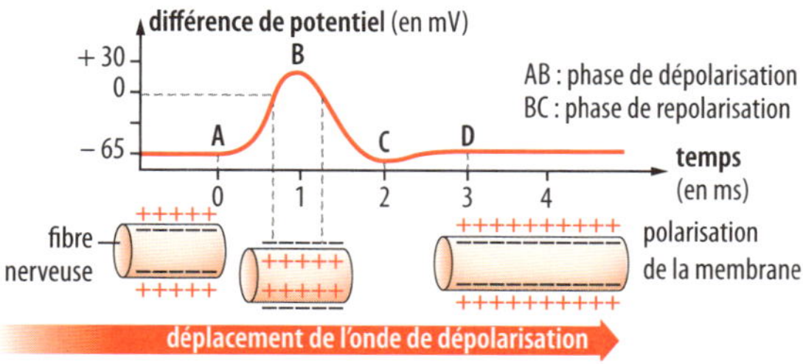

C Les propriétés du potentiel d'action

- **Le potentiel d'action (PA) est une réponse stéréotypée**, d'amplitude (100 mV) et de durée constante (1 ms) quelle que soit l'intensité de la stimulation.
- Il ne se déclenche qu'à partir d'un certain **seuil d'excitation** du neurone. On dit que le potentiel d'action obéit à la **loi du tout ou rien.**

Remarque

La loi du tout ou rien

- Pas de PA en dessous d'un seuil de stimulation.
- Toujours le même PA à partir de ce seuil.

● Le potentiel d'action se propage sur la fibre nerveuse **sans atténuation de son amplitude**. Sa vitesse de circulation le long des fibres nerveuses varie selon leur diamètre et la présence ou non de myéline.

2 Le codage du message nerveux

● **Au niveau d'une fibre nerveuse**, le message nerveux est constitué d'une **succession de potentiels d'action,** d'amplitude constante mais de **fréquence variable**.

● Lorsque l'étirement du fuseau neuromusculaire (ou l'intensité d'une stimulation quelconque) augmente, la fréquence des potentiels d'action qui se propagent sur la fibre nerveuse s'élève aussi. L'intensité d'une stimulation est **codée en modulation de fréquence des potentiels d'action**.

● **Au niveau du nerf,** le message enregistré est un **potentiel global d'amplitude variable.** Le nerf étant constitué de plusieurs fibres, le potentiel global ne correspond pas, contrairement au potentiel d'action, à une différence de potentiel de part et d'autre de la membrane cellulaire.

● **L'amplitude du potentiel global varie** selon le nombre de fibres qui génèrent des potentiels d'action.

● Par ailleurs, **le recrutement des fibres est progressif**, toutes les fibres n'ont pas le même **seuil d'excitabilité**. Le potentiel global augmente avec l'amplitude de la stimulation. Ainsi, il correspond à la **somme des réponses** de chaque fibre.

Remarque

Le potentiel global résulte de phénomènes électriques engendré par les potentiels d'action.

Lexique

Seuil d'excitabilité : valeur de la stimulation à partir de laquelle est généré un potentiel d'action.

Doc. Le codage du message nerveux soumis à des stimulations d'intensité croissante (i_1, i_2, i_3 et i_4) dans une fibre A et dans un nerf B

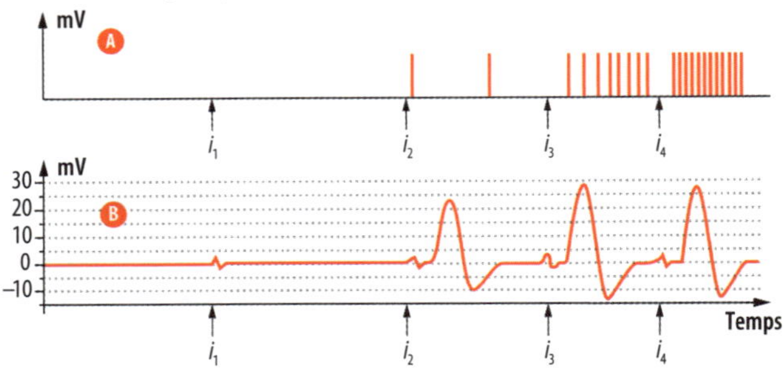

Le traitement de l'information au niveau des synapses

41

Lue Relue Apprise

Lors de la réalisation d'un arc réflexe, le message nerveux doit passer d'un neurone à l'autre au niveau d'une synapse.

1 Une structure asymétrique

- **La synapse est une zone de jonction** entre deux neurones ou entre un neurone et un organe effecteur comme le muscle.
- **La synapse neuroneuronique** est constituée de la terminaison de l'axone d'un **neurone pré-synaptique et du corps cellulaire d'un neurone postsynaptique. Les deux neurones sont** séparés par une **fente synaptique.**
- Les structures pré et postsynaptiques présentent des différences notables :

– **vésicules** contenant un **neurotransmetteur** dans la terminaison **présynaptique** ;

– **récepteurs spécifiques** du neurotransmetteur **sur la membrane du neurone postsynaptique**.

Remarque

Les synapses se trouvent dans la substance grise de la moelle épinière ou du cerveau.

Remarque

Dans la synapse neuromusculaire, la membrane plasmique postsynaptique forme de nombreux replis. Ils augmentent la surface et permettent la présence d'un plus grand nombre de récepteurs.

2 Un fonctionnement unidirectionnel

- La présence d'une **fente synaptique** séparant les deux neurones interdit la transmission de potentiels d'action.
- La transmission synaptique s'effectue par l'intermédiaire d'une substance chimique appelée **neurotransmetteur** ou **neuromédiateur.**
- L'arrivée d'un message nerveux sous forme de potentiels d'action entraîne la **migration des vésicules synaptiques** en direction de la membrane pré-synaptique. Elles fusionnent avec celle-ci et libèrent alors leur contenu dans la fente synaptique par exocytose.
- Grâce à leur **forme complémentaire**, les molécules de neurotransmetteurs se fixent sur les récepteurs de la membrane postsynaptique.
- Cette fixation déclenche une **variation du potentiel de membrane** du neurone post-synaptique susceptible de donner naissance à des potentiels d'action.
- La quantité de neurotransmetteurs libérée dépend de la fréquence des potentiels d'action arrivant à l'extrémité du neurone présynaptique. Le message nerveux pré-synaptique, codé en fréquence de potentiel d'action, est converti en un message chimique, **codé en concentration de neurotransmetteurs**.

Remarque

La forme complémentaire ne concerne qu'une partie des deux molécules, là où se réalise la fixation.

● La présence de vésicules de neurotransmetteurs à l'extrémité présynaptique et de récepteurs sur la membrane postsynaptique impose à la synapse un **fonctionnement unidirectionnel**.

Doc. **Le fonctionnement de la synapse**

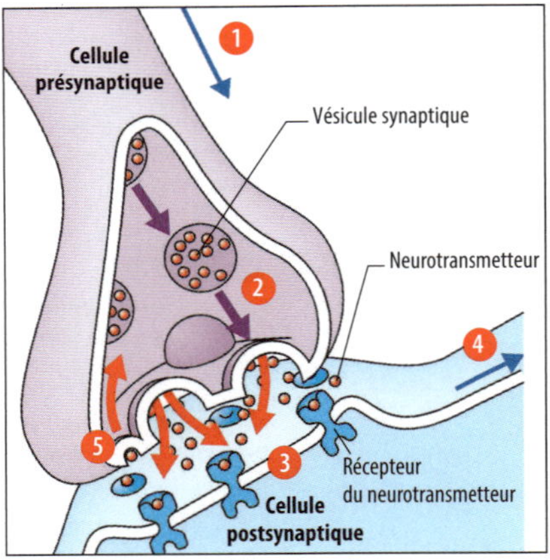

1 Arrivée d'un message nerveux
2 Exocytose des vésicules contenant le neuro-transmetteur
3 Fixation du neuro-transmetteur sur le récepteur de la cellule postsynaptique
4 Départ d'un message nerveux
5 Recapture des neuro-transmetteurs

3 La synapse neuromusculaire

● La jonction entre un neurone et un muscle constitue aussi une synapse. On parle de **synapse neuromusculaire ou plaque motrice**.

● Comme pour la synapse neuroneuronique, on y distingue une terminaison pré-synaptique et des récepteurs postsynaptiques, séparés par une fente synaptique. Le neuromédiateur contenu dans les vésicules présynaptiques est toujours de l'**acétylcholine**.

● Comme pour la synapse neuroneuronique, le message nerveux présynaptique est converti en un message chimique, **codé en concentration de neurotransmetteur**.

● La fixation du neurotransmetteur déclenche la naissance de **potentiels d'action musculaires** à l'origine de la contraction du muscle.

● Des substances chimiques comme le curare miment la forme de l'acétylcholine et se fixent sur les récepteurs à la place de celle-ci. Le curare bloque alors la contraction musculaire. C'est un **antagoniste** de l'acétylcholine.

Cerveau et mouvements volontaires

42

Lue Relue Apprise

Parallèlement aux réflexes, des mouvements volontaires participent aux activités motrices de l'organisme.

1 Des aires cérébrales spécialisées

- Le cerveau est composé de **neurones** et de **cellules gliales.** Ces dernières assurent le bon fonctionnement des neurones en leur apportant nutriments et oxygène.
- Chez des malades présentant des troubles moteurs, l'analyse fait apparaître des lésions cérébrales localisées. En effet, la réalisation d'un mouvement est commandée par une région du cortex cérébral : l'**aire motrice**.
- Les techniques d'imagerie fonctionnelle montrent qu'une région du cortex est activée pendant l'exécution d'une tâche motrice et que la stimulation d'un point précis de cette région déclenche la contraction de muscles localisés.
- Ainsi, l'aire motrice est divisée en **différentes zones contrôlant chacune une partie du corps.** La répartition de ces différentes zones constitue la carte motrice.

Lexique

Cortex : partie superficielle du cerveau, constituée de plusieurs couches de neurones.

Carte motrice : disposition des zones corticales contrôlant les différentes parties du corps.

- La surface de chaque zone du cortex moteur n'est pas proportionnelle à celle de la partie du corps correspondante mais **dépend de la précision et de la variété des mouvements** réalisés par les muscles commandés.

Doc. **La carte motrice de l'aire motrice primaire**

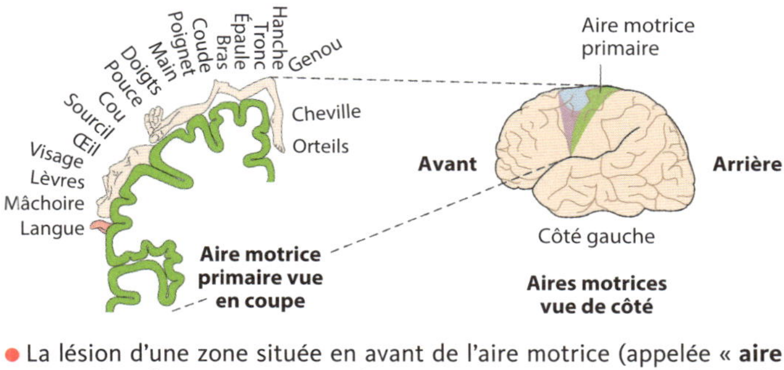

- La lésion d'une zone située en avant de l'aire motrice (appelée « **aire prémotrice** ») ne supprime pas le mouvement mais entraîne des difficultés de coordination ou « apraxie ». L'aire prémotrice intervient dans la **programmation** du mouvement.

- Les neurones de l'aire motrice **commandent l'exécution d'un mouvement** volontaire par l'envoi de messages nerveux. Ils sont **en relation avec d'autres neurones cérébraux** impliqués dans la **programmation** et le **contrôle** du mouvement, notamment par l'intermédiaire d'informations sensorielles.

2 Une intégration nerveuse

- Les fibres des neurones issues de l'aire motrice **franchissent le plan de symétrie** de l'organisme et se croisent avant d'atteindre la moelle épinière.
- Là, elles établissent des **synapses** avec le corps cellulaire des **motoneurones.** Ces derniers sont également connectés aux neurones sensitifs provenant des récepteurs sensoriels, ainsi qu'à des interneurones.

Doc. Quelques synapses d'un motoneurone

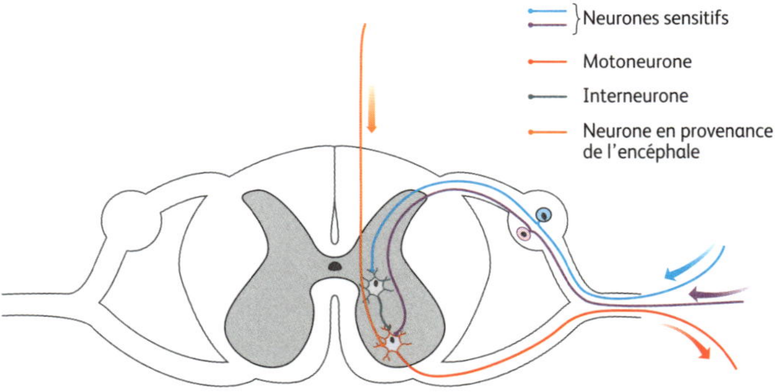

- Ces connexions se font par des **synapses excitatrices ou inhibitrices**. Ainsi, **un motoneurone reçoit plusieurs informations** qu'il traite afin d'élaborer un **message unique** en direction du muscle.
- Il réalise la somme des informations provenant de différentes synapses (**sommation spatiale**) ou de celles qui se succèdent plus ou moins rapidement dans le temps au niveau d'une même synapse (**sommation temporelle**).

Remarque

Les synapses excitatrices favorisent la naissance de nouveaux messages dans le neurone postsynaptique. Au contraire, les synapses inhibitrices tendent à empêcher leur naissance.

- L'**intégration** nerveuse consiste à prendre en compte les différents messages nerveux reçus pour **élaborer en réponse un message adapté**. Elle se produit dans les **centres nerveux**, là où se trouvent les synapses neuroneuronales.

Motricité et plasticité cérébrale

43

Lue Relue Apprise

Les aires corticales motrices ont la capacité d'évoluer en fonction de l'environnement.

1 Apprentissage et plasticité du cortex moteur

- L'organisation du cortex moteur est **déterminée génétiquement** mais d'un individu à l'autre, les différentes zones de la carte motrice sont plus ou moins développées en fonction des **expériences individuelles.** L'apprentissage d'un instrument de musique, par exemple, entraîne le développement des aires corticales les plus sollicitées au détriment des autres.
- Ces modifications, qui reposent sur l'**établissement de nouvelles synapses**, peuvent s'acquérir rapidement mais ne sont pas forcément durables. Elles demandent à être entretenues. On parle alors de plasticité cérébrale.

Lexique

Plasticité cérébrale : capacité du cortex à se modifier en fonction de l'environnement.

2 Des capacités de récupération liées à la plasticité cérébrale

- **Un accident vasculaire cérébral** (AVC) peut, en privant de dioxygène une zone du cortex moteur, entraîner sa nécrose et par voie de conséquence, la **paralysie** des muscles correspondants.
- Cette destruction irréversible de zones corticales n'empêche pas une **récupération partielle de la motricité** après une **rééducation** sollicitant les muscles paralysés.

Remarque

Un AVC est une interruption de la circulation sanguine dans le cerveau. Il peut être dû à la rupture d'une artère cérébrale ou encore à son obstruction par un caillot.

- En effet, la plasticité cérébrale permet le **remaniement de la carte motrice.** Grâce à l'établissement de **nouvelles synapses,** les zones intactes de l'aire motrice (ou des zones proches) compensent la déficience de la région détruite.
- Un phénomène analogue a été constaté après l'amputation des avant-bras. Alors que l'aire corticale motrice des deux avant-bras avait disparu, elle a été restaurée après une greffe des membres amputés. Elle est alors de nouveau capable de contrôler les muscles concernés.
- Ces capacités de remaniement **se réduisent néanmoins tout au long de la vie.**

3 L'évolution de la plasticité du cortex moteur au cours de la vie

- Le cerveau humain perd de 5 à 10 % de son poids entre 20 et 90 ans. Néanmoins, au cours du vieillissement non pathologique, la mort des neurones a des conséquences limitées du fait de la plasticité au niveau des synapses.
- En revanche, des maladies neurodégénératives peuvent accroître la mortalité des neurones ou altérer leur fonctionnement, ce qui entraîne des **troubles comportementaux, sensoriels et moteurs**.
- La plasticité cérébrale est amoindrie au cours de **maladies dégénératives** comme la maladie d'Alzheimer. Le cortex perd sa capacité à modifier les connexions entre neurones pour rendre certains circuits nerveux plus efficaces. Les dégénérescences ne sont donc pas compensées.

Doc. Les différents paramètres agissant sur le capital nerveux

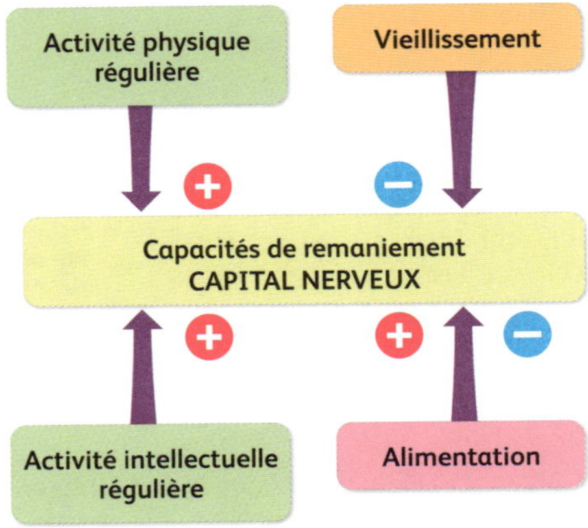

- Néanmoins, les **écarts entre individus** sont élevés et dépendent de différents paramètres. L'activité physique et intellectuelle régulière, ainsi qu'une alimentation adaptée, par exemple riche en antioxydants, ralentit la disparition des neurones – et donc le vieillissement – en maintenant le capital nerveux.

Action des drogues sur le système nerveux

44

Lue Relue Apprise

La prise de substances exogènes (alcool, drogues) peut entraîner la perturbation des messages nerveux et provoquer des comportements addictifs.

1 Un exemple : le LSD

- L'usage de **psychotropes** comme le LSD entraîne des **hallucinations** visuelles.
- Le LSD, en raison de sa forme tridimensionnelle en partie semblable à celle du neurotransmetteur impliqué dans les synapses des voies visuelles, la sérotonine, peut se fixer sur les récepteurs postsynaptiques et générer un message nerveux en direction du cortex visuel, malgré l'absence de messages provenant de la rétine.

Lexique

Psychotrope : substance modifiant le fonctionnement du système nerveux central.

Hallucination : altération de la perception.

Doc. Les molécules de sérotonine (à gauche) et de LSD (à droite)

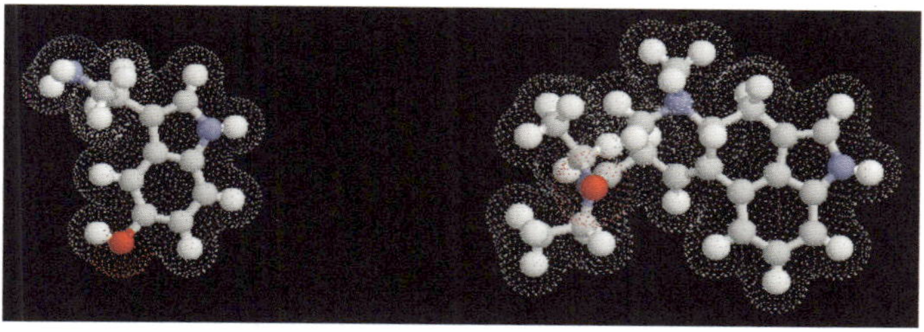

- La **sérotonine** intervient dans d'autres synapses de l'encéphale, notamment celles impliquées dans l'**émotivité**, l'**humeur**. En agissant sur celles-ci, le LSD modifie le comportement et les sensations jusqu'à créer un **état dépressif grave**.

2 Le développement d'un comportement addictif

- La consommation de LSD entraîne une diminution du renouvellement des récepteurs à la sérotonine. Par conséquent, pour continuer à ressentir le même effet, le toxicomane doit augmenter sa dose. C'est le **phénomène d'accoutumance**.

Lexique

Accoutumance : phénomène par lequel la sensation ressentie devient moins forte.

● D'autres drogues provoquent un phénomène de **dépendance**. La consommation de drogue augmente le taux d'un neurotransmetteur, la **dopamine**, dans des synapses du « **système de récompense** », ce qui produit un **sentiment de plaisir**. L'idée de la consommation de drogue stimule elle aussi la libération de dopamine, d'où le phénomène d'accoutumance.

Lexique

Dépendance : besoin irrépressible de consommer un produit stupéfiant, caractérisé par la sensation de manque.

Système de récompense : circuit de neurones dont l'activation génère une sensation de plaisir.

● La **morphine** et ses dérivés de synthèse comme l'héroïne peuvent se fixer sur les **récepteurs à enképhalines** (un neurotransmetteur intervenant dans différents mécanismes de modulation dans le cerveau, ainsi que dans la moelle) et mimer leur action. Cela a pour effet d'**accroître la quantité de dopamine** sécrétée et, par conséquent, de générer une sensation de plaisir.

Doc. **Opiacés et système de récompense**

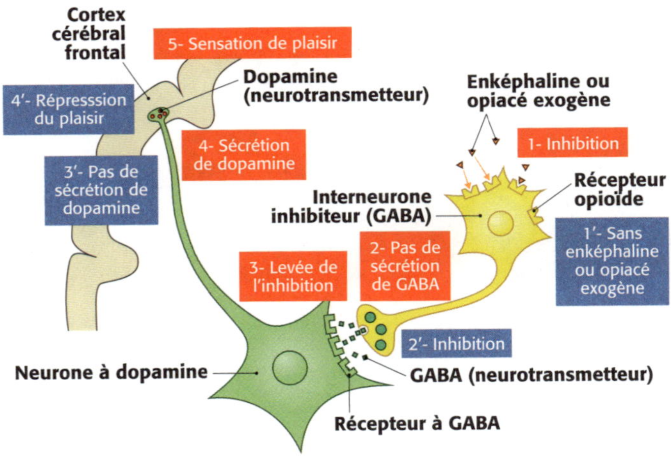

● La **cocaïne** freine la recapture de dopamine par la terminaison présynaptique ; d'autres drogues, comme les **amphétamines** ou l'**ecstasy**, stimulent directement sa libération par le neurone.

Comportements, mouvement et système nerveux

Révision EXPRESS

Le schéma à retenir

Système nerveux et motricité

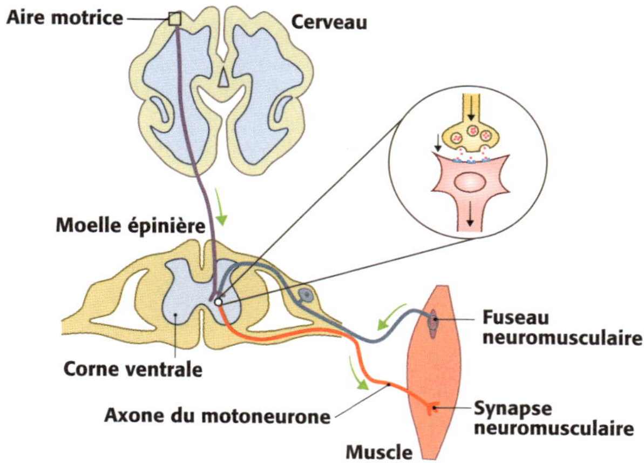

Les points essentiels

- Lors d'un **réflexe**, la stimulation d'un **récepteur sensoriel** fait naître un **message afférent** transmis par un **neurone sensitif** jusqu'à un **centre nerveux**, la moelle épinière. Un **motoneurone** émet alors un **message efférent**, qui déclenche la contraction musculaire.
- Dans la moelle épinière, neurones sensitifs et motoneurones sont connectés par des **synapses**.
- Le message nerveux est constitué d'une **succession de signaux électriques** : les **potentiels d'action**. Ce sont de brèves variations de tension produites par l'ouverture de canaux ioniques membranaires.
- Au niveau d'une **synapse**, le message nerveux **codé en fréquence de PA** est converti en message chimique **codé en concentration de neurotransmetteur**, le message chimique étant alors lui-même à l'origine de la formation de nouveaux PA.

Comportements, mouvement et système nerveux

Révision EXPRESS

- Les mouvements des différentes parties du corps sont commandés par l'**aire motrice**, organisée selon une **carte motrice**. Dans la moelle épinière, les fibres provenant du cortex se connectent aux motoneurones qui réalisent alors l'**intégration** de différentes informations.
- La carte motrice évolue au cours de la vie selon les expériences individuelles : il existe une **plasticité cérébrale** liée à l'établissement de nouvelles synapses.
- L'absorption de **drogues** modifie le fonctionnement du système nerveux, en agissant en particulier au niveau des **synapses**.

Quiz

1. La synapse ne fonctionne que dans un sens.

❏ Vrai ❏ Faux

2. Un mouvement volontaire est déclenché au niveau de la moelle épinière.

❏ Vrai ❏ Faux

3. Le neurotransmetteur de la plaque motrice est l'acétylcholine.

❏ Vrai ❏ Faux

4. Le réflexe myotatique fait intervenir le cortex moteur.

❏ Vrai ❏ Faux

5. La contraction musculaire est commandée par un message afférent.

❏ Vrai ❏ Faux

Réponses : 1. Vrai. **2.** Faux. **3.** Vrai. **4.** Faux. **5.** Faux.

Le muscle, organe du mouvement

45

Lue Relue Apprise

Les mouvements sont réalisés grâce aux muscles squelettiques qui, en se contractant, tirent sur les os et font jouer les articulations.

1 La contraction du muscle

- Les **mouvements volontaires** sont réalisés par la **contraction des muscles squelettiques**, sous le contrôle du système nerveux central.
- Le muscle est constitué de cellules allongées, les **fibres musculaires**. Plusieurs fibres sont regroupées à l'intérieur d'une membrane élastique et forment un **faisceau musculaire**.

Lexique

Muscle squelettique : muscle attaché au squelette.

Fibre musculaire : cellule musculaire capable de contraction.

Doc. L'anatomie du muscle strié

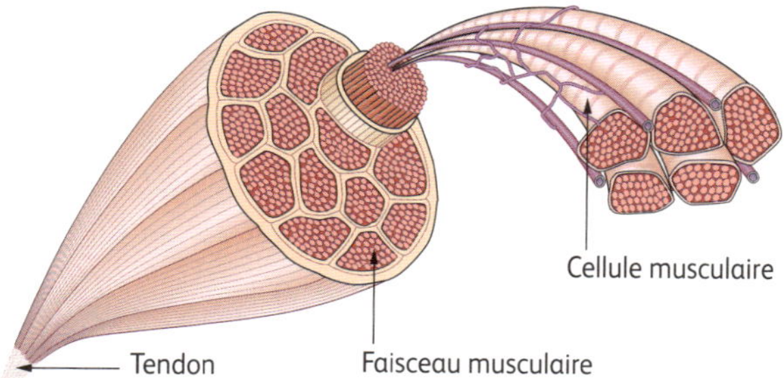

- Les fibres d'un faisceau se contractent de **façon synchrone**.
- Le muscle est **innervé** et **irrigué**. Il est **excitable**, **contractile** et **élastique**. Ces propriétés lui permettent de répondre à une stimulation, de **se raccourcir et de retrouver ses dimensions d'origine** à la fin de la contraction. Le muscle est aussi **extensible** : s'il est relâché, il peut être **étiré** au-delà de sa longueur au repos.
- Dans la situation la plus courante, la contraction du muscle s'accompagne de son **raccourcissement** et de son **épaississement**.

Remarque

Le muscle squelettique se distingue du muscle lisse par la striation de ses fibres, d'où son nom de « muscle strié ».

2 L'action sur les os

- Le muscle est fixé à l'os au niveau d'une **articulation** par l'intermédiaire d'un tendon solide et élastique. Composé **de fibres de collagène**, le tendon résiste aux fortes tractions.

Lexique

Tendon : cordon de tissu fibreux reliant un muscle à un os.

- Lorsque le **muscle se contracte**, il **tire sur le tendon** qui transmet les forces musculaires à l'os sur lequel il est fixé. Ce dernier peut alors se déplacer par rapport à l'autre os auquel il est articulé. La forme souvent **complémentaire** de l'extrémité des os au niveau des articulations permet leur emboîtement et leur mouvement.

Doc. La contraction du muscle et le mouvement articulaire

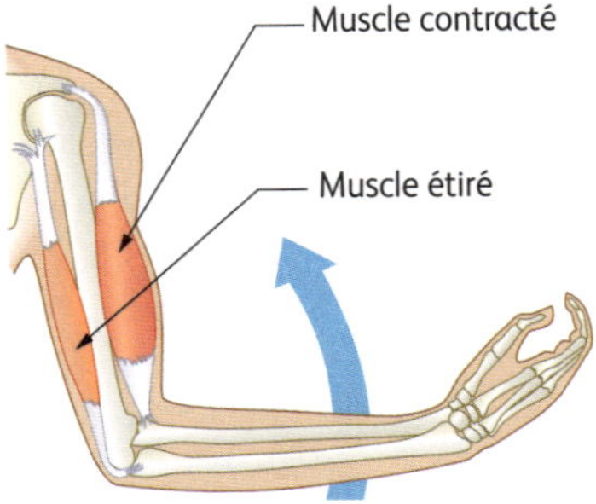

- Le membre est capable de mouvements de **flexion et d'extension**, produits par deux types de **muscles antagonistes** (fléchisseurs et extenseurs) qui s'insèrent au niveau de l'os à des endroit différents.
- Le **muscle fléchisseur**, le **biceps** par exemple, s'insère sur l'os au-dessus de l'avant-bras. En se contractant, il ramène celui-ci vers le bras. C'est un **mouvement de flexion**.
- Le muscle **extenseur**, le **triceps**, s'insère sur l'os en dessous de l'avant-bras. En se contractant, il écarte celui-ci du bras. C'est un **mouvement d'extension**.
- Lorsqu'un muscle extenseur est contracté, le muscle fléchisseur opposé est relâché, et inversement. Ces deux muscles travaillent en **opposition de phase** : ce sont des **muscles antagonistes**.

Remarque

C'est grâce au réflexe myotatique que lorsqu'un muscle se contracte, son antagoniste se relâche.

La cellule musculaire et sa contraction

46

Lue Relue Apprise

La cellule musculaire contient des filaments d'actine et de myosine qui, en glissant les uns par rapport aux autres, assurent sa contraction.

1 Une cellule différenciée

- Les cellules musculaires sont des **fibres allongées**, disposées parallèlement les unes aux autres, et alignées dans le grand axe du muscle. Ce sont des **cellules géantes plurinucléées** qui résultent de la fusion de plusieurs cellules.
- Elles renferment un **assemblage de myofibrilles**, formée chacune **de sarcomères**.
- Pour certaines myopathies, des anomalies génétiques entraînent un **défaut de structure du collagène VI**, une molécule de l'enveloppe musculaire qui fait le lien entre l'intérieur et l'extérieur de la cellule en s'ancrant à la matrice extracellulaire. L'enveloppe ne peut plus jouer son rôle de soutien pour le muscle et suite aux contractions répétées, la membrane, puis la cellule musculaire, sont dégradées.

Lexique

Myofibrille : succession de sarcomères.

Sarcomère : unité contractile du muscle.

2 Le mécanisme de la contraction

- Chaque sarcomère renferme **deux types de myofilaments** disposés en alternance et formés d'**actine** et de **myosine**, des **protéines responsables de la contraction**. Le **glissement de l'actine par rapport à la myosine** entraîne une diminution de la longueur du sarcomère et, par conséquent, la contraction musculaire.

Doc. **La contraction musculaire à l'échelle du sarcomère**

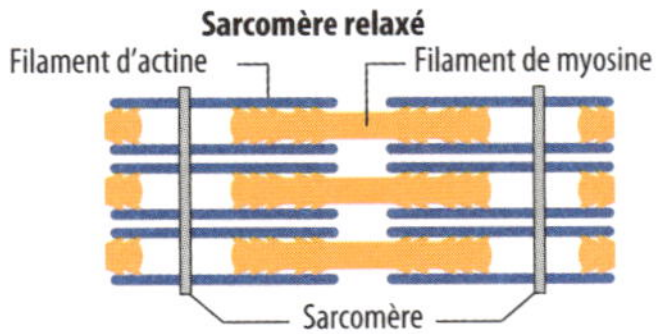

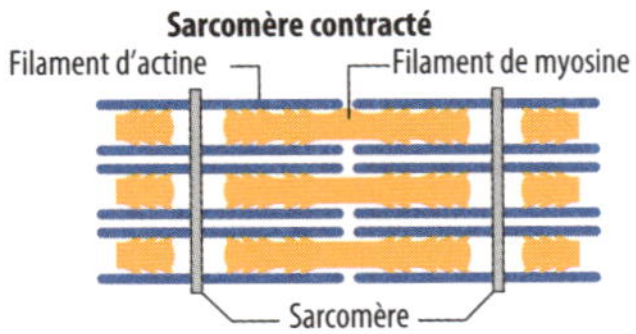

- La **tête de la myosine** possède un **site de fixation pour l'ATP**, une molécule capable de libérer de l'énergie. L'hydrolyse de l'ATP en ADP provoque un **changement de position** de la tête de la myosine qui, **en présence de calcium**, **se fixe à l'actine** (phases 1 et 4).

Lexique

Tête de la myosine : extrémité globuleuse de la molécule de myosine.

- En libérant l'ADP, la tête de la myosine retrouve sa **position initiale**, ce qui entraîne le **glissement** de l'actine et le **raccourcissement** du sarcomère (phase 2).
- La fixation d'une nouvelle molécule d'ATP permet la séparation de l'actine et de la myosine (phase 3).

Doc. **Le mécanisme moléculaire de la contraction musculaire**

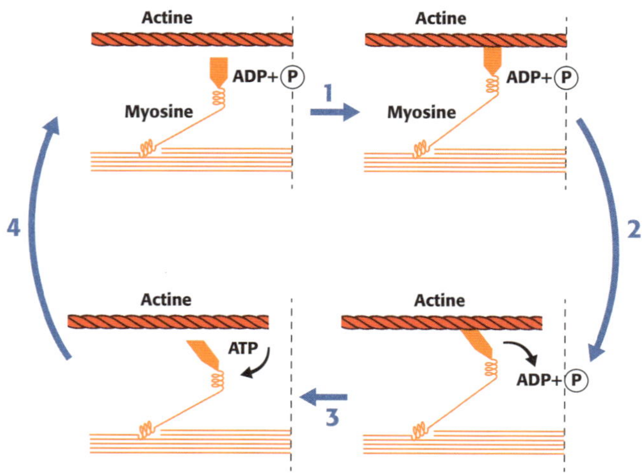

- Ainsi, **l'énergie chimique** contenue dans la molécule d'ATP est **convertie en énergie mécanique**.

L'ATP, utilisation et production

47

☐ Lue ☐ Relue ☐ Apprise

L'énergie utilisée dans les réactions cellulaires est fournie à partir d'ATP, une molécule elle-même formée lors de la dégradation des molécules organiques.

1 L'ATP, un intermédiaire énergétique

- La molécule d'ATP (adénosine triphosphate) est un **nucléotide triphosphate** composé d'une **base azotée** (l'adénine), d'un **sucre** (le ribose) et de **trois groupements phosphates**.

Doc. **La molécule d'ATP**

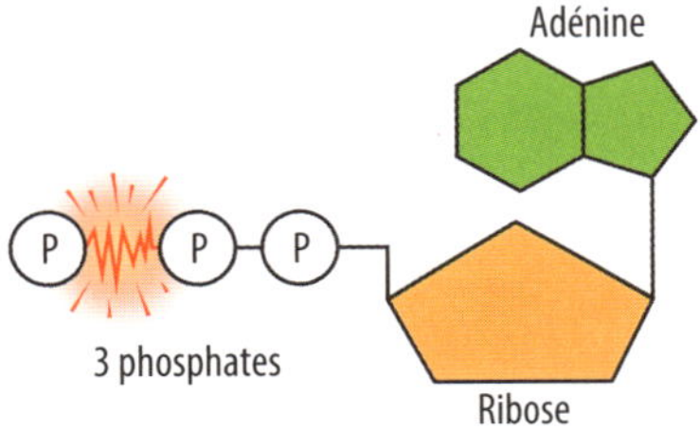

- **L'hydrolyse** de l'ATP est une **réaction exoénergétique** (elle libère 30 kJ) et conduit à la formation d'ADP (adénosine diphosphate) selon la réaction ATP + H_2O → ADP + Pi (phosphate inorganique).

> **Lexique**
> **Réaction exoénergétique** : réaction qui libère de l'énergie.

- Elle peut être **couplée** aux **réactions consommatrices d'énergie** (synthèses, contraction...). Ainsi, l'ATP joue un rôle majeur dans le fonctionnement des cellules.
- Bien que l'ATP soit en permanence utilisée, sa quantité reste **constante malgré l'absence de stock d'ATP** dans les cellules. L'ATP est **sans cesse régénérée** selon la réaction : ADP + Pi → ATP + H_2O.
- La synthèse d'ATP consomme de l'énergie (30 kJ) et doit donc être **couplée avec une réaction exoénergétique.** Elle est réalisée au cours de la **respiration**, par voie **aérobie** (en présence d'O_2), ou de la **fermentation**, par voie **anaérobie** (en absence de dioxygène).

2 Deux modes de régénération de l'ATP

- En milieu **aérobie**, les cellules consomment de l'O_2 et rejettent du CO_2 en présence de glucose. C'est la **respiration**, qui se déroule en partie dans un organite spécialisé : la **mitochondrie**.
- La **dégradation complète du glucose** libère de l'énergie et forme des molécules minérales, CO_2 et H_2O, selon l'équation bilan ci-dessous.

$$C_6H_{12}O_6 + 6O_2 \rightarrow 6CO_2 + 6H_2O$$

- En milieu **anaérobie**, des cellules s'engagent dans la voie de la **fermentation**, à l'intérieur du cytoplasme.
- Au cours de la **fermentation alcoolique**, le **glucose** consommé et **partiellement dégradé** est transformé en **éthanol** et en CO_2.

Le bilan de la fermentation alcoolique est $C_6H_{12}O_6 \rightarrow 2C_2H_5OH + 2CO_2$.

Doc. Deux modes de dégradation du glucose

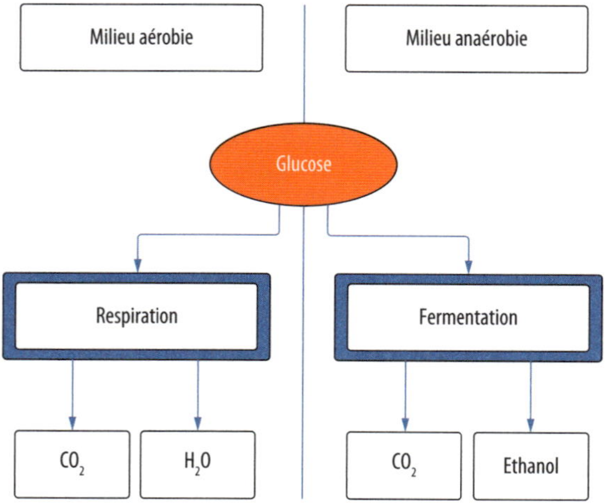

- Les **cellules musculaires** pratiquent un autre type de fermentation : la **fermentation lactique.** Au cours de celle-ci, le glucose consommé est partiellement dégradé pour être transformé en **acide lactique** selon la réaction $C_6H_{12}O_6 \rightarrow 2CH_3CHOHCOOH$.
- L'éthanol et l'acide lactique, qui résultent de la **dégradation partielle** du glucose au cours de la fermentation, sont des **molécules organiques** et renferment encore de l'énergie. La **fermentation** libère donc **moins d'énergie** que la respiration.

Des réactions couplées à la synthèse d'ATP

48

Lue Relue Apprise

Respiration et fermentation produisent de l'ATP à partir d'une voie commune, la glycolyse, puis divergent ensuite vers deux voies spécifiques.

1 Une étape commune : la glycolyse

- Au cours des étapes de la glycolyse dans le cytoplasme, **l'oxydation d'une molécule de glucose forme deux molécules de pyruvate** ($CH_3COCOOH$). La glycolyse est une dégradation partielle du glucose.
- Cette réaction est **couplée à la réduction d'un oxydant**, le NAD^+, en $NADH, H^+$. Pour une molécule de glucose oxydé, deux molécules de $NADH, H^+$ sont formées. La glycolyse est une **oxydoréduction** dont le bilan est noté ci-dessous.

$$C_6H_{12}O_6 + 2NAD^+ \rightarrow 2CH_3COCOOH + 2NADH, H^+$$

- Par ailleurs, la rupture de liaisons covalentes entraîne une libération d'énergie qui permet la **synthèse de deux ATP** (à partir de l'ADP).

Lexique

Glycolyse : ensemble de réactions au cours desquelles la dégradation partielle du glucose aboutit à la formation de pyruvate.

Oxydation : réaction chimique caractérisée par une perte d'électrons.

2 Deux voies spécifiques de production d'ATP

A La respiration

- En aérobie, dans la **matrice** de la mitochondrie, le pyruvate est **décarboxylé** (il perd un groupement carboxyle COOH) et **oxydé** par des enzymes au cours du **cycle de Krebs**. Du dioxyde de carbone est libéré et pour un glucose, dix molécules de $NADH, H^+$ et deux molécules d'ATP sont formées.

Doc. **Le cycle de Krebs dans la matrice de la mitochondrie**

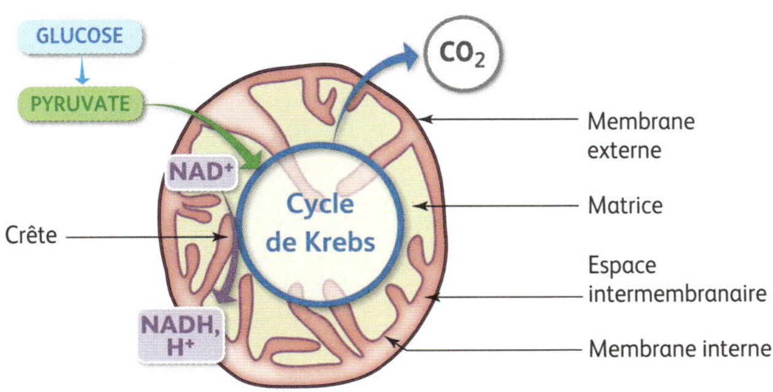

● Ces **NADH, H⁺** ainsi que ceux provenant de la glycolyse (douze au total) sont **oxydés** au niveau de la **membrane interne mitochondriale**, c'est-à-dire qu'ils perdent leur atome d'hydrogène (soit un H^+ et un électron). Ces protons et ces électrons sont transférés par l'intermédiaire d'une **série de transporteurs** intégrés dans la membrane interne mitochondriale (la **chaîne respiratoire**) depuis les NADH, H^+ **jusqu'au dioxygène**, qualifié d'**accepteur final** d'électrons et de protons.

● Ainsi, la **réduction du dioxygène** (gain d'électron et de H^+) aboutit à la **formation de molécules d'eau**. L'ensemble de ces réactions conduit à la **synthèse de 32 molécules d'ATP**, elle-même catalysée par une enzyme : l'**ATP synthase**.

Doc. **Le fonctionnement de la chaîne respiratoire**

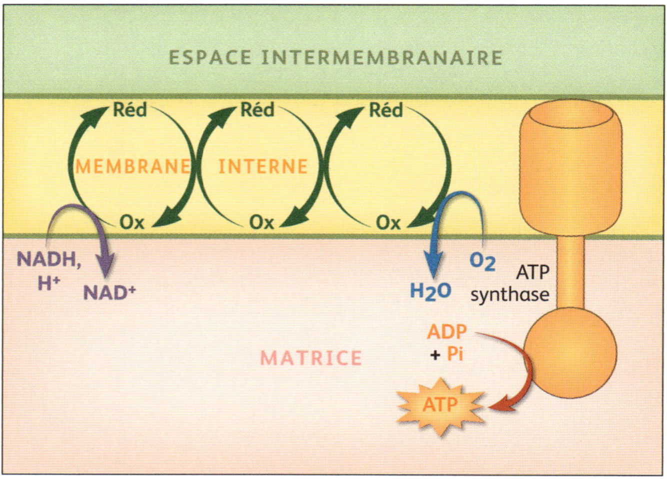

● Le bilan de la respiration est $C_6H_{12}O_6 + 6O_2 \rightarrow 6CO_2 + 6H_2O + 36$ ATP.

B La fermentation

● En anaérobie, au cours de la fermentation lactique (et alcoolique), le **pyruvate est réduit en acide lactique** (ou en éthanol) et les deux NADH, H^+ formés par la glycolyse sont oxydés en NAD^+.

● Dans le cas de la fermentation, **la production d'ATP est limitée à la glycolyse** (deux ATP pour un glucose) ce qui explique le **faible rendement de la fermentation** par rapport à la respiration.

Effort physique et besoins des muscles

49

Lue Relue Apprise

Le muscle peut adopter un métabolisme aérobie ou anaérobie selon le type d'effort à fournir. Des substances exogènes peuvent faciliter l'effort.

1 Deux types de fibres

- Les fibres musculaires existent sous deux types principaux qui se distinguent par leurs performances. Les **fibres « lentes », endurantes**, se contractent à vitesse relativement lente, tandis que les **fibres « rapides »** se fatiguent vite mais se **contractent rapidement**. Ces différences s'expliquent par la voie métabolique préférentiellement utilisée par chacune.
- Les **fibres lentes**, riches en mitochondries et bien vascularisées, sont riches en myoglobine, un pigment rouge capable de capter le dioxygène apporté par le sang. Elles utilisent essentiellement la **respiration** pour régénérer l'ATP.
- Les **fibres rapides** sont plus riches en réserves énergétiques comme le glycogène. Elles utilisent une voie anaérobie : la **fermentation lactique**. La production d'ATP est rapide mais moins importante et l'accumulation d'acide lactique serait à l'origine de la fatigue musculaire.

Doc. Puissance énergétique fournie par le muscle et voie métabolique sollicitée en fonction de la durée de l'exercice

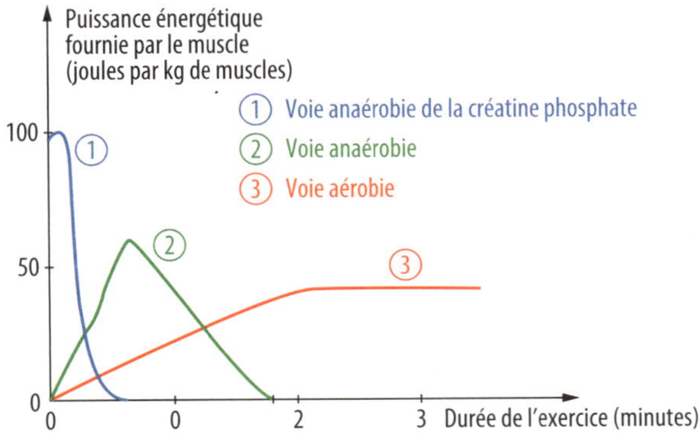

La voie 1 appélée voie de la créatine phosphate) produit très rapidement de l'ATP.

- Pour un effort très bref mais très puissant, le système de la créatine phosphate permet l'essentiel de la régénération de l'ATP. Cependant, il est épuisé en 20 secondes. La **fermentation lactique atteint son maximum d'efficacité vers 30 à 40 secondes**. Au-delà, elle ne permet que des efforts moins intenses et **ne peut se prolonger plus de deux minutes**. Aussi, les fibres rapides, avec leur métabolisme anaérobie, sont adaptées à un **effort intense mais de courte durée**.

- L'efficacité maximale du **métabolisme aérobie** est atteinte après un **délai** de deux minutes environ mais ensuite, il peut assurer la régénération de l'ATP pendant un **temps prolongé à forte intensité de l'effort**. En revanche, la puissance maximale permise par le mécanisme aérobie de la respiration est inférieure à celle permise par les mécanismes anaérobies de régénération de l'ATP. Les fibres lentes sont donc plus adaptées à un effort moins intense mais de longue durée. Autrement dit, elles sont adaptées aux **sports d'endurance**.
- Selon le sport pratiqué, la proportion de fibres lentes ou rapides varie dans les muscles utilisés.

2 Des produits dopants utilisés pour faciliter l'effort

- Pour améliorer leurs performances, les sportifs utilisent parfois des **produits dopants** comme les stéroïdes ou l'EPO.
- Les stéroïdes sont des anabolisants et psychostimulants car ils diminuent la sensation de fatigue. Leur utilisation peut avoir des **effets néfastes** sur le système cardiovasculaire, sur le système nerveux, sur les tissus musculaires et osseux (dégénérescence de la fibre musculaire). Elle perturbe aussi le fonctionnement de l'appareil reproducteur et peut être à l'origine de cancers.
- L'EPO est une hormone qui **stimule la production de globules rouges** et donc la **capacité à transporter le dioxygène jusqu'aux muscles**. Elle peut augmenter la viscosité du sang, avec formation de caillots sanguins à l'origine d'accidents vasculaires ou cardiaques.

Lexique

Stéroïdes : produits dérivés du cholestérol parmi lesquels on peut citer la testostérone.

EPO (érythropoïétine) : hormone fabriquée par le rein qui agit sur la moelle osseuse pour stimuler la production de globules rouges.

Anabolisant : produit qui augmente la masse musculaire.

Contraction musculaire et apport d'énergie

Révision EXPRESS

Le schéma à retenir

Métabolisme et contraction de la cellule musculaire

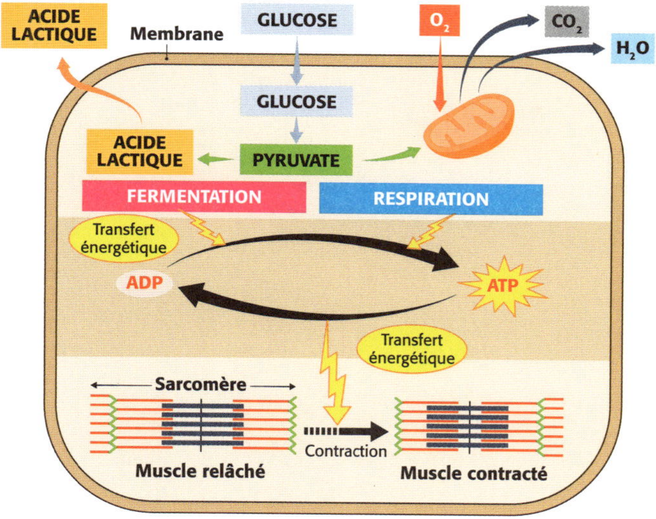

Les points essentiels

- Les cellules musculaires (ou « fibres ») sont formées d'un assemblage de **myofibrilles**, elles-mêmes constituées d'une succession de **sarcomères** renfermant des **myofilaments d'actine** et de **myosine**.
- Le glissement de ces myofilaments les uns par rapport aux autres réduit la longueur de chaque sarcomère, et le muscle se **contracte**. Ces mouvements nécessitent de l'**ATP**, un intermédiaire énergétique dont l'hydrolyse libère de l'énergie.
- Le renouvellement de l'ATP est assuré par la **respiration** (voie **aérobie**) ou la **fermentation** (voie **anaérobie**). Ces deux voies débutent par la **glycolyse**, au cours de laquelle le glucose est oxydé en **pyruvate** et du NAD^+ réduit en NADH, H^+ tandis que de l'ATP est formé.

Contraction musculaire et apport d'énergie

- Lors de la respiration, le pyruvate est transformé dans la **mitochondrie** en CO_2 et H_2O avec production d'ATP et de NADH, H^+. La **chaîne respiratoire** de la membrane interne permet la réoxydation des NADH, H^+ par la **réduction du dioxygène en eau** : il y a formation d'H_2O, d'ATP et de NAD^+.
- Dans la voie anaérobie (fermentation), le pyruvate est transformé en éthanol (ou en **acide lactique**) et le NADH, H^+ est réoxydé, sans formation de nouvelle molécule d'ATP. Aussi, le rendement énergétique de la fermentation est inférieur à celui de la respiration.
- Le muscle peut adopter un métabolisme aérobie ou anaérobie **selon le type d'effort à fournir**. Des produits **dopants** peuvent faciliter l'effort mais ils entraînent des risques pour la santé.

Quiz

1. La fibre musculaire est une cellule plurinucléée.

❑ Vrai ❑ Faux

2. Un myofilament est formé d'une succession de sarcomères.

❑ Vrai ❑ Faux

3. La fermentation lactique s'accompagne de la production d'ATP.

❑ Vrai ❑ Faux

4. En aérobie, l'ATP est fournie au muscle par la respiration.

❑ Vrai ❑ Faux

5. Le muscle renferme des réserves importantes d'ATP.

❑ Vrai ❑ Faux

Réponses : 1. Vrai. **2.** Faux. **3.** Vrai. **4.** Vrai. **5.** Faux.

Une consommation et des échanges de glucose

50

Lue Relue Apprise

Le glucose est échangé entre cellules via le sang afin de satisfaire les besoins de l'organisme.

1 Des réserves en glucose

- Les besoins en nutriments des cellules musculaires (glucose et dioxygène principalement) augmentent avec l'activité physique.
- **Le foie et les muscles stockent du glucose**, ce qui permet de satisfaire ces besoins à tout moment. La forme de stockage est un **polymère** du glucose : le **glycogène**.
- Lorsque la **glycémie** dépasse une **valeur seuil**, les cellules **hépatiques** et musculaires prélèvent du glucose dans le sang pour fabriquer du glycogène lors de la **glycogénogenèse** selon la réaction ci-dessous.

$$C_6H_{12}O_6 + ... + C_6H_{12}O_6 \rightarrow (C_6H_{10}O_5)n + nH_2O$$

- Cette synthèse dépend de l'activité d'une **enzyme spécifique**, présente dans les cellules de ces deux organes.
- La position centrale du foie et la vascularisation hépatique favorisent le stockage du glucose.

Lexique

Polymère : macromolécule constituée de l'enchaînement de molécules élémentaires.

Glycémie : taux de glucose sanguin.

Hépatique : constituant le foie (ou se rapportant au foie).

Glycogénogenèse : synthèse du glycogène à partir du glucose.

Doc. **La position du foie dans la circulation sanguine**

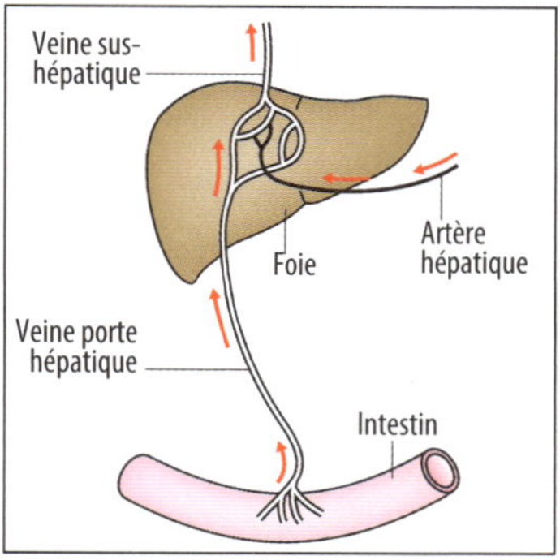

- Tout le glucose provenant de l'intestin après la digestion passe par le foie avant de rejoindre la circulation sanguine générale.

Doc. **L'évolution de la glycémie dans deux types de vaisseaux sanguins**

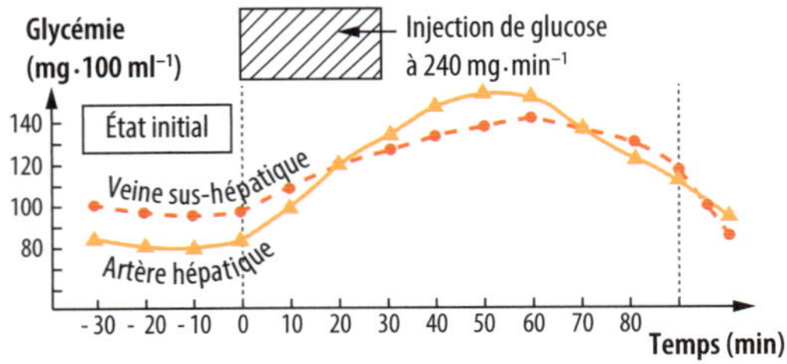

On injecte dans le sang d'un animal une solution de glucose et on suit la concentration de celui-ci dans l'artère hépatique (arrivant au foie) ainsi que dans la veine sus-hépatique (quittant le foie).

- On observe qu'**après l'ingestion de glucose, le sang qui entre dans le foie** (artère) **est plus riche en glucose que celui qui en sort** (veine). Ainsi, lorsque le glucose est en excès dans le sang, le foie est capable de le **stocker**.
- Le foie comme les muscles sont donc des **organes effecteurs** capables de stocker le glucose en excès.

2 Une libération du glucose

- Pour assurer ses besoins, **le muscle puise dans ses réserves en glycogène**. L'hydrolyse du glycogène (**glycogénolyse**) libère du glucose selon la réaction suivante :

$$(C_6H_{10}O_5)n + nH_2O \rightarrow C_6H_{12}O_6 + ... + C_6H_{12}O_6.$$

- Le glucose produit est alors consommé par la respiration pour libérer de l'énergie. Les réserves de glycogène musculaire sont rapidement épuisées au cours d'un effort. Aussi, une autre source est nécessaire.
- Dans les **cellules hépatiques**, du glucose produit par **glycogénolyse** est libéré dans le sang, puis capté et utilisé par les cellules musculaires au cours d'un effort.
- Ainsi, un **flux de glucose** (variable selon l'activité) permet des **échanges entre les organes sources** (intestin et foie) **et les organes consommateurs** (dont les muscles). Le glucose issu de la glycogénolyse musculaire est par contre toujours utilisé sur place par le muscle.

Remarque

Dotées d'enzymes différentes, les cellules adipeuses mettent en réserve le glucose sous forme de graisses (triglycérides).

Remarque

Seules les cellules hépatiques peuvent libérer du glucose dans le sang et contribuer ainsi à satisfaire les besoins des organes consommateurs de glucose.

La glycémie, une variable réglée 51

Lue Relue Apprise

Malgré les nombreuses circonstances favorisant ses fluctuations, la glycémie est constante grâce un système de régulation hormonale.

1 Une glycémie plus ou moins constante

- Après un **exercice physique qui consomme du glucose**, ou après un **repas qui en apporte**, la **glycémie** subit une légère variation, puis **retrouve** rapidement **une valeur constante** (environ 1 $g \cdot L^{-1}$).
- Si l'on fait ingérer une forte quantité de glucose à un individu (**test d'hyperglycémie provoquée**), la glycémie retrouve aussi sa valeur normale après deux heures. La glycémie reste constante également en cas de jeûne modéré.
- L'organisme est donc capable de **réguler la glycémie.** Le sang arrivant aux cellules délivre **toujours la même quantité de glucose**.

2 Un contrôle hormonal des effecteurs

- L'ablation du pancréas provoque une hyperglycémie. La greffe du pancréas ou une injection d'extraits pancréatiques restaurent la glycémie. Le pancréas exerce donc une **régulation de la glycémie par voie hormonale**. C'est une glande endocrine.

Lexique

Pancréas : organe situé sous l'estomac. Il produit des enzymes digestives ainsi que des hormones.

Glande endocrine : organe sécrétant des hormones.

A L'insuline, une hormone hypoglycémiante

- Dans le pancréas, des cellules réunies dans les **îlots de Langerhans** sécrètent des hormones. Certaines de ces cellules, les **cellules β**, produisent de **l'insuline**, une hormone **hypoglycémiante** (qui fait baisser la glycémie).
- L'insuline agit en se fixant sur les **récepteurs membranaires** de ses **cellules cibles**, ce qui modifie l'activité de celles-ci. La **liaison récepteur-insuline** entraîne l'activation des enzymes nécessaires à la **synthèse du glycogène dans le foie et dans le muscle.** Elle stimule aussi la mise en place **des transporteurs GLUT4**, spécifiques du glucose. Présents à l'intérieur de vésicules dans le cytoplasme, ces transporteurs GLUT4 intègrent la membrane plasmique lorsque l'insuline se fixe sur son récepteur. **L'absorption du glucose est alors augmentée.** Par conséquent, la glycémie baisse.

Doc. Mise en place des transporteurs GLUT4

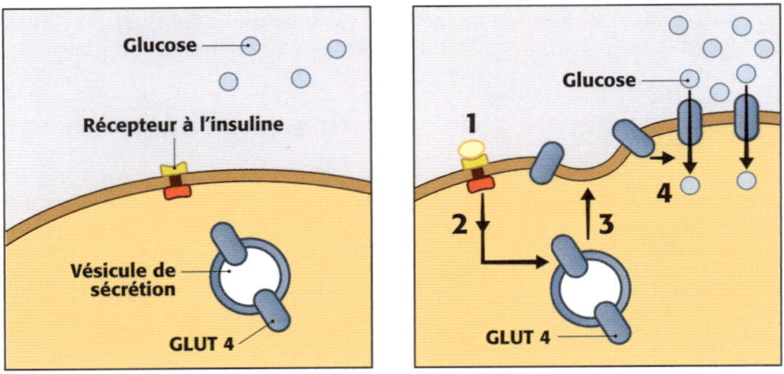

- Lorsque l'insuline se fixe au récepteur (1), un signal est transmis (2) et les transporteurs GLUT4 sont amenés sur la membrane plasmique (3). Le glucose peut alors entrer dans la cellule (4).

B Le glucagon, une hormone hyperglycémiante

- Les **cellules α des îlots de Langerhans** secrètent du **glucagon**, une hormone **hyperglycémiante**, c'est-à-dire qui élève la glycémie. Le glucagon agit sur les cellules hépatiques et provoque l'activation des enzymes de la **glycogénolyse** et la sortie de glucose. Par conséquent, la glycémie s'élève.
- La réaction de la cellule cible à chacune de ces deux hormones varie selon leur concentration. Le message hormonal est **codé en variation de concentration**.

C Des capteurs de la glycémie

- Les cellules des îlots de Langerhans constituent des **capteurs** qui **détectent les variations de la glycémie** et modulent leur sécrétion en fonction du taux de glucose. Une élévation de la glycémie provoque ainsi une augmentation de la sécrétion de l'insuline mais aussi une diminution de celle de glucagon. Une baisse de la glycémie produit l'effet inverse.

Les diabètes

Lue   Relue   Apprise

52

Le diabète est un état d'hyperglycémie chronique dû à des dysfonctionnements de la régulation de la glycémie

1 Le diabète de type I

- **Le diabète** se caractérise par une **hyperglycémie chronique** (glycémie supérieure à 1,26 $g \cdot L^{-1}$ à jeun), à l'origine de lésions vasculaires graves. On distingue le **diabète de type I** et le **diabète de type II**.

Lexique

Hyperglycémie chronique : élévation anormale de la glycémie sur le long terme.

- Le diabète de **type I** survient généralement chez des **individus jeunes** et s'accompagne de signes tels que : soif intense, amaigrissement, urines abondantes.
- L'hyperglycémie résulte dans ce cas d'une **diminution, voire de l'arrêt de la production d'insuline**. C'est un diabète **insulinodépendant** (**DID**).
- Il est soigné par des injections régulières d'insuline afin de compenser la déficience du pancréas.

Doc. Test d'hyperglycémie provoquée chez un individu diabétique (DID) ou non

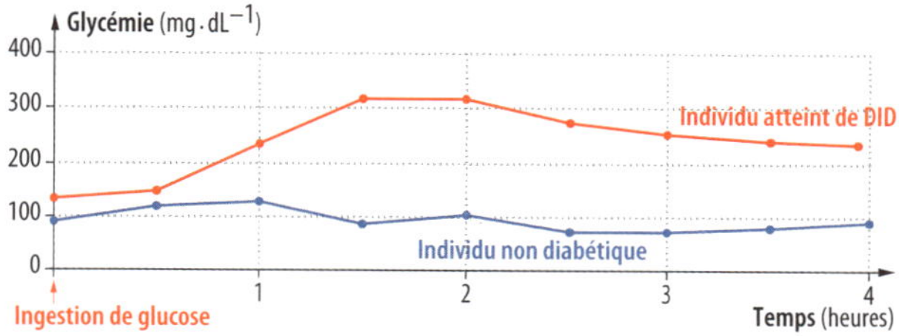

- **Le DID est une maladie auto-immune** : le système immunitaire s'attaque aux cellules de l'organisme. Des anticorps et des lymphocytes T se fixent sur les cellules β des îlots de Langerhans et les détruisent.

2 Le diabète de type 2

- Le diabète de **type II** survient chez l'**adulte**, le plus souvent en **surpoids**.
- Dans les premiers stades de la maladie, **la sécrétion d'insuline est normale** ou même plus élevée que chez les non diabétiques. C'est un **diabète non insulinodépendant (DNID)**.
- Au cours de l'évolution de la maladie, la sécrétion d'insuline devient insuffisante et nécessite des injections, comme dans le cas du DID.

- Le DNID s'explique par une **insensibilité des cellules cibles** à l'insuline. Elles sont devenues **insulinorésistantes.**

Doc. Test d'hyperglycémie provoquée chez des individus diabétiques (DNID) ou non

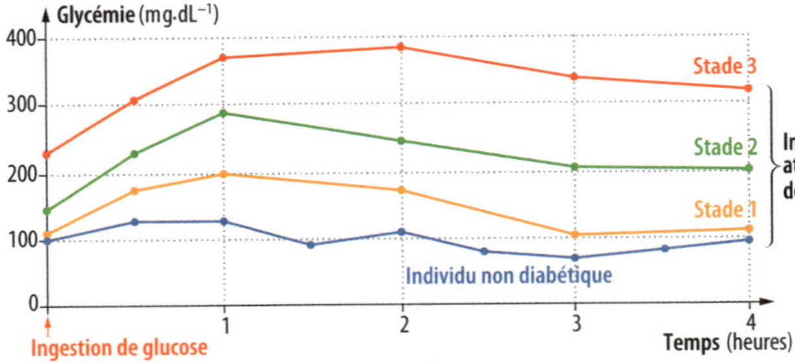

3 Les facteurs à l'origine du diabète

A Une prédisposition génétique

- Des études épidémiologiques mettent en évidence une **influence génétique** dans l'apparition des diabètes. **Le risque de développer un diabète** de type I ou II est plus élevé pour les membres d'une famille déjà atteinte par la maladie. Par ailleurs, certaines populations sont plus touchées que d'autres.
- **Des allèles de prédisposition** élèvent le risque de développer un diabète de type I ou II. Leur présence chez un individu n'implique pas obligatoirement la maladie, mais un **risque** d'être atteint supérieur à celui dans la population.
- Dans le cas du DID, des allèles du **système HLA** (qui détermine les marqueurs responsables de l'identité cellulaires) codent pour des marqueurs reconnus comme étranger et détruits par le système immunitaire.

B L'importance des facteurs du milieu

- En quelques générations, des populations migrantes (comme les indiens Pimas), en modifiant leur mode de vie et en particulier leur alimentation, sont devenues plus sensibles au diabète de type II.
- **Une alimentation déséquilibrée et une sédentarisation excessive** favorisent l'obésité, qui entraîne souvent le diabète de type II.

Pour le diabète de type I, **des infections virales** seraient responsables de l'activité anormale du système immunitaire, dirigées contre les cellules des îlots de Langerhans.

Le contrôle des flux de glucose

Révision EXPRESS

Le schéma à retenir

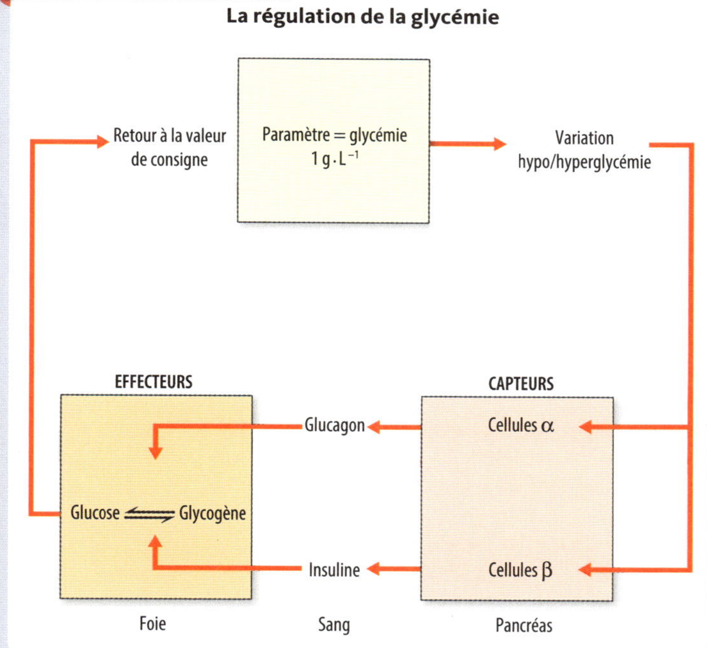

Les points essentiels

- Les cellules musculaires et hépatiques contiennent des **réserves** de glucose sous forme de **glycogène**, mobilisables selon les besoins.
- Les cellules hépatiques peuvent libérer du glucose dans le sang. Celui-ci est capté et utilisé par les cellules musculaires au cours d'un effort.
- Ainsi existe-t-il dans l'organisme un **flux de glucose**, variable selon l'activité, entre les **organes sources** (intestin et foie) et les **organes consommateurs** (dont les muscles).
- Une **régulation hormonale** assure le maintien d'une **glycémie stable** quelles que soient les circonstances, après un repas ou un jeûne.

Le contrôle des flux de glucose

Révision EXPRESS

- Les cellules bêta du **pancréas** sécrètent de **l'insuline**, une hormone **hypoglycémiante**, tandis que les cellules alpha sécrètent du **glucagon**, une hormone **hyperglycémiante**.
- Ces cellules pancréatiques sont des **capteurs** du glucose qui détectent les variations de glycémie et adaptent leur activité en conséquence.
- L'insuline et le glucagon agissent sur des **cellules cibles** qui possèdent des **récepteurs membranaires spécifiques**. Ces hormones entraînent l'entrée ou la sortie de glucose grâce à des **protéines membranaires de transport**.
- Le **diabète** est une **hyperglycémie** prolongée. Le diabète de type I (DID) provient d'un manque d'insuline ; le diabète de type II (DNID) résulte d'une **insensibilité** des cellules cibles à cette hormone.

Quiz

1. Le glucagon est une hormone hypoglycémiante.
❏ Vrai ❏ Faux

2. La glycogénogenèse assure le stockage du glucose.
❏ Vrai ❏ Faux

3. En cas d'hypoglycémie, le muscle libère du glucose dans le sang.
❏ Vrai ❏ Faux

4. Les cellules musculaires réalisent la glycogénolyse.
❏ Vrai ❏ Faux

5. L'insuline stimule la pénétration du glucose dans les cellules cibles.
❏ Vrai ❏ Faux

Réponses : **1.** Faux. **2.** Vrai. **3.** Faux. **4.** Vrai. **5.** Vrai.

Une réponse adaptative immédiate

53

Lue Relue Apprise

L'organisme réagit de façon automatique et rapide aux agressions stressantes auxquelles il est soumis.

1 Des modifications physiologiques

- Face à une **agression** physique (brûlure, hémorragie, choc...) ou émotionnelle (peur, colère...), l'organisme déclenche des réactions physiologiques telles que :
  - une **augmentation de la** ventilation pulmonaire, améliorant le renouvellement de l'air dans les voies respiratoires ;
  - une **augmentation du débit cardiaque**, c'est-à-dire du volume de sang expulsé par le cœur par unité de temps ;
  - une **modification de la circulation sanguine** (les vaisseaux irriguant les muscles se dilatent, tandis que ceux irriguant d'autres organes comme la peau ou le tube digestif se contractent) ;
  - une **élévation de la glycémie** (le taux de glucose sanguin).
- Ces modifications, qui **mobilisent les ressources en dioxygène et en glucose**, permettent **d'intensifier la libération d'énergie** et ainsi la contraction musculaire. Elles préparent ainsi l'organisme à fuir ou à résister à l'agression. Elles constituent le stress aigu.
- Le comportement de stress qui **favorise la fuite ou l'affrontement** est une réponse présente chez tous les mammifères.

Lexique

Réaction physiologique : modification du fonctionnement des organes.

Ventilation pulmonaire : mécanisme permettant le renouvellement de l'air dans les poumons.

Stress aigu : réaction de protection de courte durée, face à une agression.

2 Une libération d'adrénaline

- Ces réactions sont déclenchées par une hormone, l'**adrénaline**, libérée par les glandes médullosurrénales situées au-dessus des reins.
- Transportée par le sang, l'adrénaline atteint ses **cellules cibles** (cellules du cœur, des bronches, de la paroi des artères...). Elle se fixe alors sur leurs **récepteurs** et modifie leur fonctionnement.
- La sécrétion d'adrénaline est **contrôlée par voie nerveuse**. En cas d'agression, des **signaux** provenant de l'environnement ou du corps sont **interprétés par l'encéphale** comme dangereux.

Lexique

Glande médullosurrénale : partie interne de la glande surrénale.

Doc. Réponses physiologiques à un stress

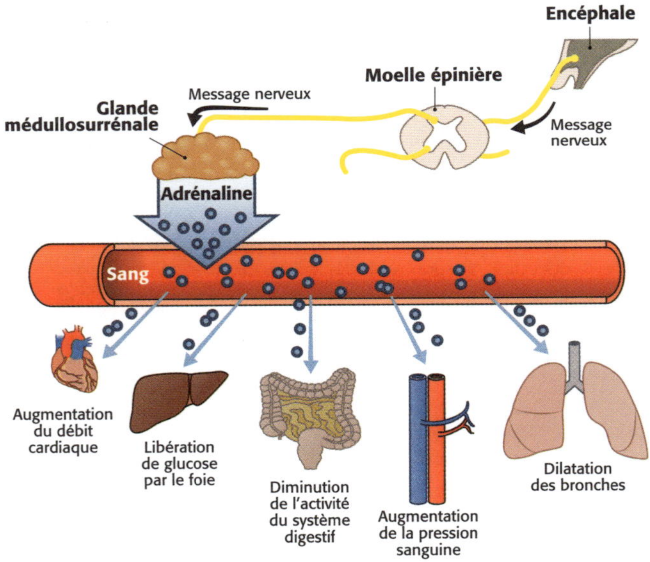

- Des informations sont transmises au système limbique qui est stimulé, en particulier ses zones impliquées dans les **émotions** telles que l'**amygdale**, située dans le lobe temporal de l'encéphale.
- Des **fibres nerveuses du** système sympathique, issues de l'encéphale, stimulent à leur tour les **glandes médullosurrénales** auxquelles elles sont connectées, ce qui déclenche la **sécrétion d'adrénaline**.
- La **voie nerveuse est le moyen de communication le plus rapide** dans l'organisme. Aussi, cette réaction fondée sur l'adrénaline est la **première à se mettre en place** en cas de stress. Elle constitue une **réaction adaptative immédiate**.

Lexique

Système limbique : ensemble des structures profondes del'encéphale intervenant dans les émotions.

Système sympathique : système nerveux autonome, fonctionnant indépendamment de la volonté.

Une réponse adaptative plus lente

54

Lue Relue Apprise

Au cours de la réaction de stress, du cortisol sécrété par la glande corticosurrénale renforce l'action de l'adrénaline.

1 Une libération de cortisol

- Après la libération d'adrénaline, si la réaction de stress se maintient, une autre hormone, le **cortisol**, est libérée par les **glandes corticosurrénales**. C'est la **phase de résistance**, qui survient **après la phase d'alarme**.

Lexique

Glande corticosurrénale : partie périphérique de la glande surrénale.

Doc. **Le stress et la sécrétion d'adrénaline et du cortisol**

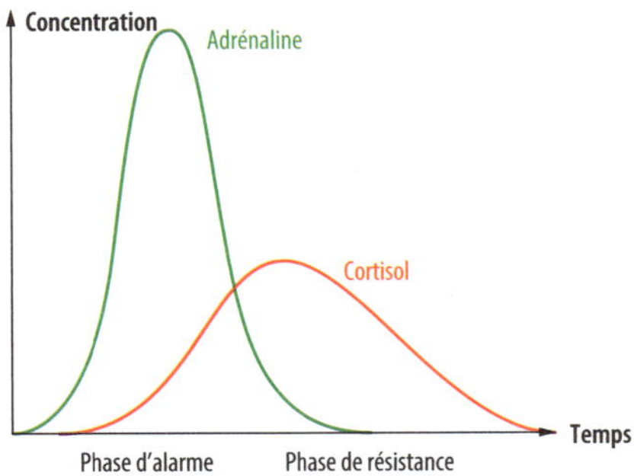

- Le cortisol **prolonge l'action de l'adrénaline** en favorisant la mobilisation des **métabolites** et **l'augmentation du glucose sanguin**. Pour cela, il stimule la dégradation des protéines et des graisses ainsi que la **conversion de ces molécules en glucose par le foie** (**néoglucogenèse**). Il active également la synthèse des enzymes intervenant dans la **dégradation du glucose** et la libération d'énergie.
- Le cortisol **inhibe** par ailleurs certaines fonctions, dont **le système immunitaire**.
- Une hormone, **l'ACTH**, **produite par l'hypophyse** (une petite glande fixée à la base de l'encéphale) **stimule la sécrétion de cortisol**.
- Sa libération est elle-même sous le contrôle du CRH, une **neurohormone** sécrétée par l'hypothalamus.

Lexique

Métabolite : molécule participant au métabolisme.

Néoglucogenèse : formation de glucose à partir de substances non glucidiques.

Neurohormone : hormone sécrétée par une cellule nerveuse.

● La voie du cortisol est **moins rapide** que celle de l'adrénaline, la glande surrénale étant alors stimulée par voie hormonale, à la vitesse de la circulation sanguine, plus lente que celle du message nerveux qui intervient dans le cas de l'adrénaline.

2 Un rétrocontrôle négatif

● Le taux sanguin de cortisol est contrôlé par un **système de rétroaction**. En effet, **le cortisol inhibe la sécrétion de CRH** par l'hypothalamus **et celle de l'ACTH** par l'hypophyse. Il s'ensuit une baisse de la sécrétion du cortisol par la corticosurrénale.

● Ce **rétrocontrôle négatif** évite une élévation trop importante et durable du taux de cortisol dans le sang, avec les effets négatifs connus de celui-ci (voir la fiche 55). Il favorise le rétablissement des conditions de fonctionnement durable de l'organisme et permet la **résilience**.

Lexique

Résilience : capacité à surmonter un choc traumatique.

Doc. **Régulation de la sécrétion de cortisol**

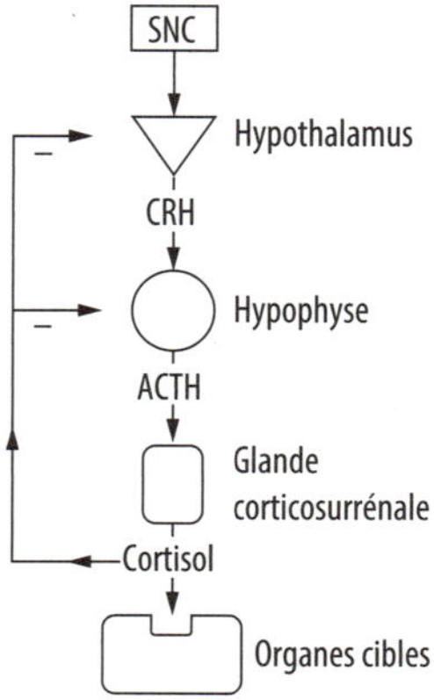

● Les **réactions** d'un organisme soumis à un stress sont **coordonnées**, notamment en ce qui concerne les voies nerveuses et endocrines.

● Cette coordination est commandée par le système nerveux central : on parle d'« **intégration neurohormonale** ».

Le stress chronique

55

Lue Relue Apprise

Quand l'action des agents stresseurs est trop intense ou prolongée, les mécanismes physiologiques sont débordés et le système se dérègle.

1 Des conséquences physiologiques

- L'exposition prolongée à des situations de stress provoque des dysfonctionnements de l'organisme. C'est le stress chronique. Le **maintien d'un taux élevé de cortisol** entraîne des **troubles cardiaques**, une pression artérielle et un taux de cholestérol élevés, ou encore du **diabète** de type II. Également, les **risques de dépression** augmentent.

Lexique

Stress chronique : stress résultant de l'exposition prolongée et répétée à des situations agressives.

- Le stress chronique s'accompagne de symptômes divers :
  - **symptômes physiques** : coliques, maux de tête, douleurs musculaires et articulaires, troubles du sommeil, de l'appétit et de la digestion, sensations d'essoufflement ou d'oppression ;
  - **symptômes émotionnels** : susceptibilité et nervosité, sensation de mal-être...
  - **symptômes intellectuels** : troubles de la concentration, difficultés à prendre des initiatives ou des décisions...
- **Les réserves énergétiques s'épuisent** et le **système immunitaire** est en partie **inhibé**. Le **vieillissement et la mort des cellules** s'accélèrent en raison des **dommages causés par les radicaux libres** produits au cours du stress chronique.

Lexique

Radicaux libres : atomes ou molécules instables, réactives avec les molécules environnantes et responsables de dégâts cellulaires.

- Les effets sont accentués chez les personnes pour qui le risque de développer une maladie chronique est plus élevé. Le stress chronique aboutit à une **phase d'épuisement** au cours de laquelle le cortisol finit par ne plus être sécrété.
- Des études récentes montrent que le stress chronique modifierait durablement le type de réponses apportées par l'organisme face à un environnement défavorable, en **perturbant l'expression des gènes**.
- Alors que les phases d'alarme et de résistance permettaient de répondre à l'agression, **la phase d'épuisement inhibe les capacités de réaction** de l'organisme.

2 Des conséquences sur les structures nerveuses

● L'exposition prolongée des structures nerveuses au cortisol conduit à des **changements structurels du cerveau**, notamment du **système limbique** (**hippocampe**) et du **cortex préfrontal**.

● Le stress chronique par l'augmentation du cortisol plasmatique **réduit la formation de nouveaux neurones** dans l'hippocampe. Il peut entraîner la **mort neuronale** et une diminution du volume de l'hippocampe.

● On remarque par ailleurs une **réduction des arborisations dendritiques des neurones de l'hippocampe**, d'où la diminution du volume de cet organe.

Lexique

Hippocampe : intervient dans le stress et la mémoire spatiale.

Cortex préfrontal : siège de différentes fonctions cognitives supérieures (des fonctions exécutives telles que le langage, la mémoire, le raisonnement...)

Doc. **Les effets du stress sur l'hippocampe**

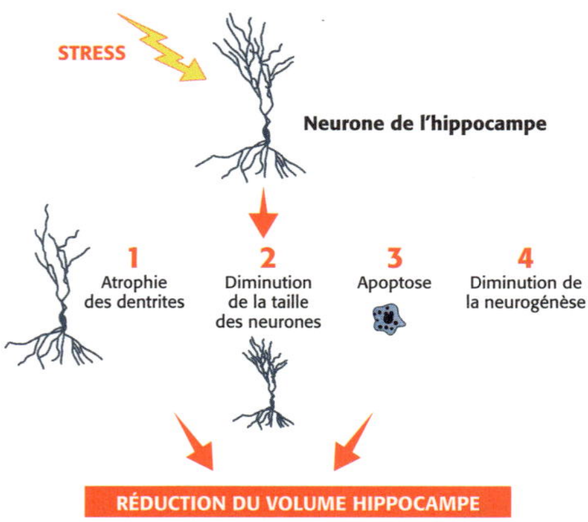

● On parle, pour ces remaniements cérébraux, de « **plasticité cérébrale mal-adaptative** ». Elle se traduit par des perturbations de l'attention, de la **mémoire spatiale** et des **performances cognitives**. Quelques mois après la disparition des conditions stressantes, les neurones peuvent retrouver leur conformation d'origine. Cela confirme l'existence d'une **plasticité cérébrale**.

Les traitements contre le stress et leurs effets

56

Lue Relue Apprise

Des substances ont été conçues pour limiter les effets néfastes du stress chronique. Elles agissent au niveau des synapses du système nerveux central.

1 Moduler les effets du stress

- Les **anxiolytiques** les plus utilisés appartiennent à la catégorie des **benzodiazépines**. Ces substances ont un effet **sédatif**, anxiolytique, **anticonvulsivant** et **myorelaxant**, ce qui rend leur utilisation pertinente en cas de stress chronique.
- Leur succès s'explique par une efficacité rapide et une faible toxicité. Néanmoins, leur prescription est limitée dans le temps au risque sinon d'entraîner une dépendance. De plus, certaines d'entre elles peuvent avoir des effets secondaires, notamment l'**amnésie antérograde**, d'où leur surnom de « drogues du violeur ».

Lexique

Anxiolytique : substance visant à réduire l'anxiété.

Anticonvulsivant : substance qui empêche les contractions musculaires involontaires (convulsions).

Amnésie antérograde : incapacité à se souvenir d'événements qui suivent le début de l'amnésie.

2 Le mode d'action des benzodiazépines

- Le **GABA est un neurotransmetteur inhibiteur** qui module la transmission du message nerveux. Il évite ainsi l'épuisement du système nerveux et de l'organisme.

Doc. **Le mécanisme d'action des benzodiazépines**

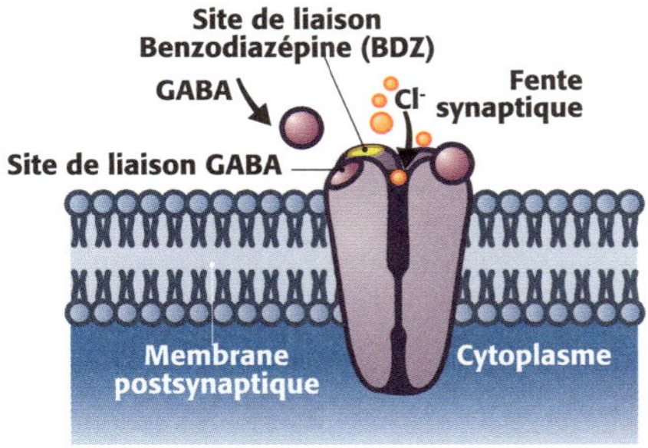

- Une fois fixé sur son récepteur postsynaptique, le GABA déclenche l'ouverture d'un canal qui permet l'**entrée de chlore** dans le neurone, **limitant** ainsi **la formation de messages nerveux.**
- **En se fixant sur le récepteur au GABA**, les **benzodiazépines augmentent** l'ouverture de ce canal et ainsi **l'entrée des ions chlore**.
- Il se produit une **hyperpolarisation** (état électrique défavorable à la naissance d'un message nerveux) qui **renforce l'effet inhibiteur** du GABA.

Doc. L'effet du GABA et des benzodiazépines sur le neurone postsynaptique

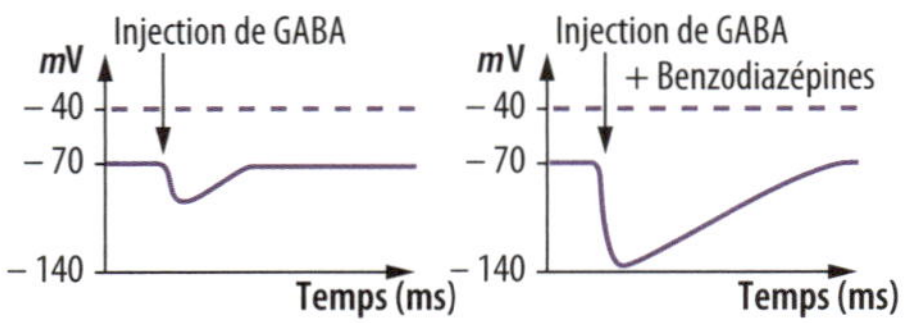

- **Les benzodiazépines diminuent l'excitabilité du système nerveux central**. Elles favorisent la relaxation et peuvent aider à lutter contre le stress.
- La prise de médicaments, comme les benzodiazépines dans le cas de l'anxiété, doit suivre un protocole rigoureux afin de ne pas provoquer d'autres perturbations notamment une sédation et des troubles de l'attention.

3 D'autres effets antistress

- Une **activité physique régulière** diminue l'état d'anxiété. Elle entraîne en particulier la libération par le foie de **tryptophane**, un acide aminé nécessaire à la synthèse d'un neurotransmetteur, la **sérotonine**.
- Celle-ci, synthétisée par les neurones, est libérée au niveau des synapses du système nerveux central où elle est impliquée dans la **régulation de nombreux comportements**, dont **l'humeur** et le **sommeil**. La sérotonine, en effet, est transformée le soir et la nuit en **mélatonine**, hormone du sommeil.

Remarque

Des alternatives non médicamenteuses, comme des pratiques favorisant le sommeil, le contrôle de la respiration et la détente musculaire, permettent une meilleure gestion du stress.

- Dans certaines situations, la mélatonine est administrée, servant à lutter contre les insomnies et à bloquer le cercle vicieux du cycle stress-insomnie.
- Néanmoins, chaque individu est différent et les réponses individuelles face aux agents stresseurs sont influencées par de nombreux autres facteurs.

Comportement et stress

Révision EXPRESS

Le schéma à retenir

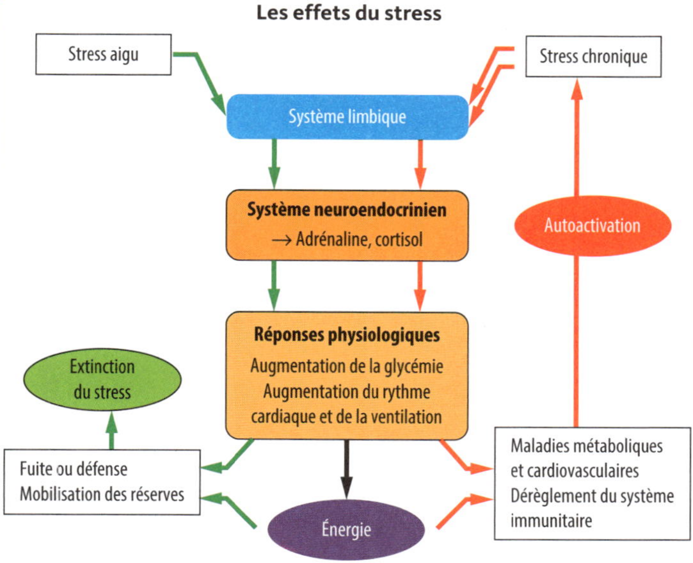

Les points essentiels

- L'organisme réagit rapidement à une agression par une modification des fonctions physiologiques (circulation, respiration...). Cette réponse adaptative, ou **stress aigu**, lui permet d'adopter un comportement approprié (fuir ou se défendre).
- Ces réactions sont déclenchées par l'**adrénaline**, une hormone libérée après stimulation du **système limbique**, puis du **système sympathique**.
- Par ailleurs, la sécrétion de **CRH** par l'hypothalamus entraîne la libération d'**ACTH** par l'hypophyse. L'ACTH stimule elle-même la libération de **cortisol** par la glande corticosurrénale. C'est une hormone qui favorise la mobilisation du glucose.

- Par **rétrocontrôle négatif**, le cortisol limite la sécrétion du CRH et rétablit des conditions de fonctionnement durable de l'organisme permettant la **résilience**.
- Un **stress chronique** entraîne des dysfonctionnements (troubles cardiovasculaires, diabète...) et des modifications de structure du système nerveux responsables d'une altération des capacités cognitives. On parle de « **plasticité cérébrale mal-adaptative** ».
- Les **benzodiazépines**, en se fixant sur les **récepteurs à GABA** des neurones, ont des **effets inhibiteurs** sur le système nerveux. Elles favorisent ainsi la relaxation et peuvent aider à lutter contre le stress.

Quiz

1. Le cortisol est une neurohormone hypothalamique.

❑ Vrai ❑ Faux

2. Le stress aigu est une réponse adaptative.

❑ Vrai ❑ Faux

3. Le GABA est un neurotransmetteur excitateur.

❑ Vrai ❑ Faux

4. Le cortisol exerce un rétrocontrôle négatif sur l'hypophyse.

❑ Vrai ❑ Faux

5. En cas de stress, la glycémie augmente.

❑ Vrai ❑ Faux

Réponses : **1.** Faux. **2.** Vrai. **3.** Faux. **4.** Vrai. **5.** Vrai.

Index

Lexique

D'autres définitions sont à retrouver à l'intérieur des fiches.

- **Abiotique :** de nature physique ou chimique.
- **Acide aminé :** molécule élémentaire constituant une protéine.
- **Aérobie :** qui ne vit qu'en présence de dioxygène.
- **Albédo :** rapport de l'énergie lumineuse réfléchie sur l'énergie lumineuse incidente.
- **Amnésie antérograde :** incapacité à se souvenir d'événements qui suivent le début de l'amnésie.
- **Anabolisant :** produit qui augmente la masse musculaire.
- **Appareil végétatif :** ensemble des organes de la plante à l'exception de ceux liés à la reproduction.
- **Asthénosphère :** enveloppe rocheuse ductile située sous la lithosphère.
- **Autosome :** chromosome non sexuel (ni X, ni Y).
- **Carte motrice :** disposition des zones corticales contrôlant les différentes parties du corps.
- **Chromatide :** partie d'un chromosome contenant une molécule d'ADN.
- **Conjugaison :** mécanisme d'échange génétique entre bactéries.
- **Domestication des plantes :** passage de l'état sauvage à cultivé.
- **Échelle stratigraphique :** échelle des temps géologiques.
- **Endosymbiose :** symbiose établie à l'intérieur d'une cellule.
- **Étamine :** organe reproducteur mâle qui porte les grains de pollen.
- **Excentricité :** degré d'aplatissement de l'orbite terrestre.
- **Famille multigénique :** ensemble de gènes issus d'un gène ancestral commun.
- **Fibre musculaire :** cellule musculaire capable de contraction.
- **Fossile stratigraphique :** fossile utilisé pour la datation d'une roche.
- **Génome :** ensemble du matériel génétique d'un individu.
- **Glande endocrine :** organe sécrétant des hormones.
- **Glycémie :** taux de glucose sanguin.
- **Glycogénogenèse :** synthèse du glycogène à partir du glucose.
- **Gonosome :** chromosome sexuel. XY chez l'homme et XX chez la femme.
- **Hépatique :** constituant le foie (ou se rapportant au foie).
- **Hyperglycémie chronique :** élévation anormale de la glycémie sur le long terme.
- ***Locus*** (plur. *loci*) **:** emplacement d'un gène sur un chromosome.
- **Méristème :** ensemble de cellules en division.
- **Métabolite :** molécule participant au métabolisme.
- **Morphogenèse :** acquisition de sa forme par la plante.
- **Motoneurone :** neurone moteur qui commande la contraction du muscle.
- **Myofibrille :** succession de sarcomères.
- **Nerf moteur :** nerf conduisant le message du centre nerveux vers le muscle.
- **Neurohormone :** hormone sécrétée par une cellule nerveuse.
- **Ophiolite :** fragment émergé de la lithosphère océanique.
- **Organogenèse :** développement des organes de la plante.
- **Orogenèse :** formation d'une chaîne de montagnes.
- **Oxydation :** réaction chimique caractérisée par une perte d'électrons.
- **Paléosol :** sol ancien.

Index

- **Peinture rupestre :** qui a été réalisée sur les parois des grottes.
- **Pénéplanation :** aplanissement d'une zone continentale.
- **Pistil :** organe reproducteur femelle qui porte l'ovaire.
- **Phénotype :** caractère(s) d'une cellule ou d'un organisme.
- **Phytomère :** unité fonctionnelle constitutive d'une plante, formée d'un nœud et d'un entrenœud.
- **Quaternaire :** période allant de −2,6 Ma jusqu'à aujourd'hui.
- **Radiochronologie :** méthode de datation fondée sur la décroissance des éléments radioactifs.
- **Réaction exoénergétique :** réaction qui libère de l'énergie.
- **Réflexe myotatique :** contraction du muscle en réponse à son propre étirement.
- **Ribosome :** assemblage moléculaire intervenant dans la synthèse protéique.
- **Saccharose :** glucide à douze atomes de carbone.
- **Sarcomère :** unité contractile du muscle.
- **Sélection naturelle :** modification de la fréquence d'allèles sous la pression de l'environnement.
- **Stratigraphie :** science qui étudie la succession des différentes couches géologiques dans le temps.
- **Système clos :** système qui ne réalise aucun échange avec son environnement.
- **Tendon :** cordon de tissu fibreux reliant un muscle à un os.
- **Totipotente** (cellule) **:** capable de donner différents types cellulaires.
- **Toundra :** végétation basse, caractéristique des milieux autour des pôles.
- **Xylème :** ensemble des vaisseaux conducteurs de sève brute.

Direction éditoriale : Raphaëlle Mourey
Réalisation éditoriale : Julie Langlais, Charlotte Luttringer
Conception graphique intérieure : Julie Lannes
Schémas : Linéale, Nord Compo
Composition : Nord Compo
Couverture : Frédéric Jély
Fabrication : Kévin Magar

FSC www.fsc.org MIXTE Papier issu de sources responsables FSC® C022030

Nathan est un éditeur qui s'engage pour la préservation de son environnement et qui utilise du papier composé de fibres naturelles, renouvelables, fabriquées à partir de bois provenant de forêts gérées de manière responsable et contrôlée.

Achevé d'imprimer en septembre 2020
par Macrolibros à Valladolid en Espagne
Dépôt légal : septembre 2020
N° de projet : 10262098